春风十里

肖和元——著

写作是一种快乐
写作散文诗更是人生诸多乐趣中
最直抵心灵的一种快乐

天津出版传媒集团
百花文艺出版社

图书在版编目(CIP)数据

春风十里 / 肖和元著. -- 天津 : 百花文艺出版社,
2025. 7. -- ISBN 978-7-5306-9235-6
Ⅰ. I227.6
中国国家版本馆CIP数据核字第2025BX6362号

春风十里
CHUN FENG SHI LI
肖和元 著

出 版 人: 薛印胜
责任编辑: 王 欣 **装帧设计:** 云上雅集
出版发行: 百花文艺出版社
地址: 天津市和平区西康路35号 **邮编:** 300051
电话传真: +86-22-23332651(发行部)
+86-22-23332656(总编室)
+86-22-23332478(邮购部)
网址: http://www.baihuawenyi.com
印刷: 长沙市精宏印务有限公司
开本: 710毫米×1000毫米 1/16
字数: 220千字
印张: 22
版次: 2025年7月第1版
印次: 2025年7月第1次印刷
定价: 98.00元

如有印装质量问题,请与长沙市精宏印务有限公司联系调换
地址:长沙市开福区德雅路1246号
电话:(0731)85817162
邮编:410023

序

春风十里醉人间

◎方志英

和一个人交往，不一定非得面对面，却已经很熟悉了——对期刊工作者来说，这是常有的事情。认识湖南长沙诗人肖和元，始于阅读他的散文诗，后来越发熟络。事实上我们确实从未见过面，受托付，要给一个既熟悉又陌生的朋友写些文字，感觉危险而谨慎，不想言辞在指尖摔了跟斗。

诗人肖和元发来的散文诗集《春风十里》，是他这些年创作的散文诗结集。很高兴，在春天里品尝到他这枚新鲜而沉甸甸的果实。面对扬扬洒洒的电子稿（如果打印成纸质稿，该是厚厚的一摞了），我仿佛看到那一粒粒文字被他赋予生机和使命，在他指尖上冲突或自由，从一个指尖到另一个指尖。我用心地花了一个星期时间读完，与我计划的时间吻合。走进这部散文诗集，就像走进一座宽敞、洁净又松弛的房间，搭建这样的空间，想必是作者最朴实的追求，字里行间透着随和而细腻、率直而温暖的气质。毋庸置疑，作者成功借助文学力量，以独特的美学风格，不动声色地让读者通达共同的情感之路。

春天是蓬勃而美好的，像神在挥洒着新绿和花瓣，而《春风十里》里的春天与众不同。这部散文诗集分为五个部分：自然之韵——以细腻笔触描绘四季更迭、山川草木，展现自然的蓬勃生机与宁静之美；时光与记忆——围绕岁月流逝、往昔回忆，字里行间流淌着对时光的感慨与深切怀念；情感世界——涵盖亲情、爱情、乡情等丰富情感，以真挚文字触动读者内心最柔软的地方；生命感悟——对生命意义、人生旅途的深度思考，引发读者对生命的哲学性思索；生活片段——捕捉日常点滴，为柴米油盐的琐碎赋予诗意的光泽。很明显，纸上的春风不止十里，那是大地上来来往往的瑰丽与欢喜，足以醉了人间。

我渐渐明白作者为何以“春风十里”作为书名。“春风十里不如你”“春风十里，因你而暖”，诗集里这两章作品，让作者的真情可触可感。

雪，消融了。雪痕，掩埋在记忆深处。

草，吹绿了。草叶柔美，在大地垂下一道道弯眉。

花，催开了。花儿艳丽，到处涂抹缤纷的色彩。

天空明净了，太阳暖和了，河水清亮了，鸟儿的歌声婉转动听了。

灰暗的日子，寒冷的日子，冰封的日子，死气沉沉的日子，都一一过去了。

春水初生，春林初盛，春风十里不如你。

…………

草叶上，每一滴露晶莹剔透。你扑闪着眼睛，分明是猜不透的心思。

——《春风十里不如你》

诗人肖和元擅长用文字作画，《春风十里不如你》中一幅幅春之画卷在眼前、在心中荡漾。“雪”“草”“花”“春水”“春林”“草叶”等春天的意象，在他笔下如被春风舔过的棒棒糖，氤氲着春天最纯粹的模样；画面不仅是情感的前置，更神奇的是，诗人让它们在下一刻呈现出归宿——通过低低的吟唱，微妙的情感波澜如可见的眼睛，闪烁着被发现又被包容、抚慰的气息。不难看出，作者是个敏感而温情的人。第二人称“你”极具代入感，作者却很节制，将“你”紧紧收束在“春风”的意象里，唯恐春风泄露秘密，瞬间万籁俱寂，仿佛能听见一枚珍珠耳环掉在雪地或草叶上的声响，理性地引导读者沉浸在想象中。结尾落脚于“心思”，让“春风不如”的“你”显得扑朔迷离又意蕴无穷。此外，节奏感是这章散文诗的亮点，行文凝练且富有音乐性，让情感如加了酵母般层层发酵。诗人恰到好处地让“春风”成为盛大的意象，为作品裹上诗意盎然的糖霜。

散文诗是种颇为“不讨好”的文体，常被视为诗化的散文或散文化的诗。但归根结底它仍是诗歌，我偏爱其浪漫的抒情性与迷人的不确定性，仿佛能听见诗歌之塔巅的钟声从异域传来，清澈、丰盈，带着月光的味道，惊飞停驻在塔巅的其他文体之鸟。苏轼诗云：“天功忽向背，诗眼巧增损。”好的诗歌常借“诗眼”传神达意，如“像深邃的夜空，藏着无数的秘密。抬头仰望，满怀敬畏之心。/ 像深邃的海洋，在巍峨的宫殿之上，手握定海神针，心旌从不轻易摇荡”（《深邃的诗眼》）。诗人肖和元在每一章散文诗中，或许设想过无数开端，也做好了呈现的准备，其中的“诗眼”为作品捧出热与光，形成环逐渐扩散，让暗淡之处自然隐去。究其根本，朴素与自然是他的“必杀技”，他将创作激情一半交给真诚，一半托付给温暖，于是诗中的精神气韵与情感态势便自然而然地流淌出来。在《在诗的丛林与荒野》里，诗人坦言曾为诗迷茫，但从未放弃。若诗歌是他身体里的种子，他便让它默默等待时机，等待春天。“让初心回溯到源头”“夜晚，我挽着月光的臂膀，吻着星光的额头，听风声对月清唱，闻鸟儿在暖巢里欢鸣。整个世界，仿佛融化在了心湖中。…… 做一只诗的萤火虫，用一盏微光照亮灵魂，然后在夜空闪烁，飞奔。”诗人坚定地选择拥抱诗歌的浪花，守护诗歌的纯粹，以爱与创造的勇气，用勤奋撕碎自身的枯枝败叶，继而在《渴望一张白纸》中自信书写诗和远方，自信地“让我的诗歌，像一珠土里长出来的小草。用弱小的身躯，默默迎接风的欢唱。”（《虚构》）

读到《春风十里》中《声音里的痛》的“怎忍心读那孱弱的宋词，啜泣无言，人比黄花瘦！”，便想起T.S.艾略特的《诗歌的三种声音》：第一种是诗人对自己说话的声音；第二种是对听众说话的声音；第三种是创造戏剧人物的声音。散文诗集《春风十里》清晰传递出这三种声音。印象最深的是那些带有痛感的文字，如写母亲的《千层底》《喊一声，我的娘》《烛光》《拂过》等篇什，字里行间的缅怀、感伤与失去，以及母子间缄默的爱，铭心刻骨，直抵我尚未愈合的母亲离世之痛，令人再次撕心裂肺；而咏叹春夏秋冬山川美景的篇章，如《花语》《石上清泉》《睡在冬天的花朵》等，充满恬淡清净的韵味，发出宁静悠远的声响——在四季中寻得烟火，于烟火中觅得温情；那些关于人生感悟、诗酒抒怀的作品，如《脊梁上的光》《诗酒趁年华》《后来》等，似盐似血，既有失落又有复活，理智客观的文字里，生命经验潜伏着诗意与灵性，奏响带有现代特色的舒缓乐章；至于描绘时光流逝、生活点滴的篇什，如《光阴含笑》《赶早集》《晒日子》等，让我听见船桨击破海浪的声响，作者以诚实的态度、正确的三观和被光阴雕刻的内涵，直面生活本质，让文字获得灵魂的洁净与现实意义，成为击败生活不堪的力量。“乐章之类请勿鼓掌”，可圈可点的篇什如粼粼波光中的碎钻，展现着诗歌与生活的千姿百态，在此不一一赘述。

杨绛先生说，人生最曼妙的风景是内心的淡定。散文诗集《春风十里》便是如此曼妙——虽有春风不安分的撩拨，却无心惊肉跳的磅礴，没有猎奇与故弄玄虚的神经质。整个文本呈现的是春风起时、风声内外的景致，以及诗人恬淡从容的精神图景，丰富而饱满，成为值得留存的纸上风景。题材繁多难免存在瑕疵，个别作品（或许我读到的是未经精选的原始版本）仍处于探索阶段，要达到更佳效果，还需警惕语言散文化的随意性，在日常语言向诗歌语言“陌生化”转变的过程中，诗人需再次突破自我、超越自我。当然，这并不影响诗人通过内在审视，呈现“看清生活依然热爱生活”的精神气象；不影响诗性的自觉与直觉在《春风十里》中一次次升腾；更不影响读者阅读后的享受与掩卷沉思。

若《春风十里》的每一章都是诗人养的花，那满目的繁花自然醉了人间。花养了眼，亦养了心。在这个通过照片、视频快速获取快感的时代，不妨做个追风者，走进《春风十里》，且听风吟——让明媚驻于身，芬芳存于心。

值得一提的是，肖和元在创作中对细节的捕捉尤为精妙。比如在描绘自然之景时，他常以“露珠在草叶上滚动的弧度”“阳光穿透叶脉的光斑”等微观视角，让景物更具立体感与呼吸感。这种对生活细微之处的洞察，源于他对世界的深情凝视。此外，他的语言中时常流淌着一种“矛盾的和谐”，如在《石上清泉》中写“泉水撞击岩石的清脆，与青苔生长的静谧相互咬合”，将动态与静态、声响与沉寂巧妙融合，形成独特的诗歌张力。这种创作特质，让《春风十里》不仅是一部诗集，更像是一面映照生活与心灵的棱镜，折射出多元而深邃的诗意光芒。

（方志英，生于20世纪70年代，四川省仁寿县人；散文、诗歌作品刊发于《人民文学》《十月》《诗刊》《钟山》《芙蓉》《扬子江诗刊》《作品》等，收入各类年度选本并转载，出版诗集《折角与褒奖》；曾学习建筑并从事建筑行业，2003年至今供职于某杂志社；现居成都。）

目录

第一辑　自然之韵

第二辑　时光与记忆

第三辑　情感世界

第四辑　生命感悟

第五辑　生活片段

第一辑

自然之韵

山楂树

山楂树，山间路边。

唱着自己的歌，不被路边的花朵所困扰。

至于它什么时候开花，开什么颜色的花，什么时候结果，结什么样子的果，不是至关重要的。

而我，深居《山楂树之恋》和《远方的山楂树》营造的氛围中，山楂树何以与爱情发生关系，又以越发的凄美而荡气回肠。

也许因为山楂树的果榨出的油分，滋润了那个年代。

更或许是酸酸甜甜的味道，赋予了我们不同的理想。

栗树华盖

借栗树一顶华冠，遮住这炎炎夏日。

凉风习习，从枝叶间穿过。倚靠在树干，与它融为一体。甜蜜的空气，静谧的氛围，若有若无的氤氲，我从未感到如此惬意。

伸出双手，变作两爿虬枝，让凸起的血管，接入树的叶脉。盘起双脚，像树根深深扎向大地，那个安泰的悲剧，从此不会再发生。

抬头仰望，一片碧绿的苍穹，涵盖了整个宇宙。果垂枝头，随风摇曳，像千万颗星星齐放光明。待秋来，这带刺的金果，定将绽开丰收的喜悦。

我突然看到自己的生命，在灌浆的那一刻，就与栗子结下不解之缘。

让我的灵魂，化作一棵树吧。它没有如云的华盖，却有着挺直的身姿。

秋意渐浓

天高云淡，凉爽宜人。

蝉鸣歇了往日的聒噪，荷叶收起翠绿的华盖，稻穗早已笑弯了腰。

枝头上摇曳的果子，展示着动人的风采。

秋意渐浓，秋收忙碌起来。

农人的镰刀磨了又磨，在月下闪耀着银光，仓廪被整修一新，等待着谷物入仓。

南方，金黄的烤烟一挂一挂出了烤房，一担担一筐筐，流光溢彩的日子，把烟农的喜悦写在脸上。

花花绿绿的票子，喜滋滋地装进衣兜，金色的希望被推向高潮，一波一波的，多么惹人喜爱。秋天，是爱情成熟的季节，就像五谷和瓜果，到处洋溢着甜美的芬芳。

嘹亮的唢呐声，吹奏着爱的进行曲，由远及近，在辽阔的大地上回响。

秋意渐浓，恰似米酒，入喉即化。

石上清泉

那方青石，不知多少年了，一直躺在溪水里，躺在大山的怀抱中。

山区雨量充沛，终年流水潺潺。小溪淌过青石，跃入深潭，发出铿锵悦耳之声。

石上布满青苔，时有小鱼儿出没。溪水涨满，张开光滑的舌头，吐出白花花的珍珠。

清泉石上流，明月松间照。静谧的夜晚，领略王维《山居秋暝》的意境，我特别怀念家乡，那方溪水中时隐时现的青石。

多想把石上清泉变作一幅画，时时刻刻挂在心间。

一声叮咚，仿佛传之千年的回声，轻轻洗涤着一颗尘埃落定的心！

三月的家乡

雨停了，雾散了，太阳露出笑脸了。

三月的家乡，像撩开面纱的少女，亭亭玉立在我眼前，心中立马涌起久违的亲切感。

水田刚翻过，清澈透明如镜。燕子呢喃着轻轻掠过，带给人无限的动感。

小桥流水，叮咚作响，天籁般铿锵入耳。

空旷潮湿的竹林，洒下斑驳的阳光。母鸡带着小鸡，悠闲地觅着食儿。

林边，山羊咩咩叫着，吐露青草的芳香。小狗满地撒欢，蹦来跳去，像个顽皮的孩子。

落花满地，又繁花盛开。生生息息间，愿岁月静好。

花开花落，无关富贵贫穷。我选择在春天放飞心情，随意且从容！

茶的经脉

沏一壶茶，品茶品人生。

龙井，碧螺春，大红袍，君山银针，只要那么一点点，在沸水中泡开，足矣！

绿茶，红茶，白茶，青茶，黑茶，明前茶，明后茶，只要生津止渴，提神醒脑，足矣！

茶叶在沸水中升腾，如翩翩起舞的仙子，洗去一世浊尘。

沁人心脾的芳香，更让人惊叹，每一片叶子上沉甸甸的分量。

打开茶叶之经脉，打开天地之精华，打开生命之复活与无穷。

一片茶叶，饱含着种茶人的艰辛。一片茶叶，凝聚着制茶人的手艺。一片茶叶，牵动着一个产业的兴衰！

茶的经脉，如同人的血脉，薪火相传，生生不息！

雁南飞

问君何所之，南国花正艳。

忘不了那江南水乡，气候温暖，景色宜人。

忘不了那洞庭秋波，芳草萋萋鹦鹉洲，多么勾人心魄。

忘不了那巍巍衡岳朝天阙，万类霜天竞自由。

雁南飞，把一行美丽的雁字，写满秋天的高空。

问君何所以，情意多缠绵。

回忆去年之南迁，爱的甜蜜仍流淌在心间。

历经春夏，乳雁在不知不觉中长大。

扑闪着有力的翅膀，卷起秋风扫残云，万里碧霄披霞光。

带着希望，母雁振翅高翔，向着朝思暮想的南方，勇毅前行！

不彷徨，不耽搁，一颗勇敢的心，像太阳闪闪发光。

八行书，千里梦，雁南飞。

飞过茫茫沙漠，飞过蜿蜒长城，飞过秦岭淮河。

一串串欢快的雁鸣，谱写出心中醉人的歌。

人生无数次迁徙，如同雁南飞，一次又一次飞跃，一次又一次回归。

每粒金弹子都为一粒阳光而来

每粒金弹子，都为一粒阳光而生，为一粒阳光而来。

山林的果子，变得金黄金黄，如同硕大的金弹子高悬于空中。

它们奔阳光而来，在分娩的时刻，要回报阳光以惊喜。

日复一日积攒着的阳光，今日要尽情喷发，悉数绽放。

稻穗和麦芒上的光，像金弹子在大地上翻滚。

也许，它们矜持得太久了，压抑得太久了。

此刻，向着阳光，为自己发出清脆悦耳的声响。

原野上的草叶，由青转黄，在秋风中独自摇曳。

岁月用愚钝的锯齿，割破孱弱的身体，将它置于阳光下曝晒。

我感觉灵魂在颤栗，在肉身与红尘之间，有一粒巨大的金弹子，把世俗砸了个粉碎。

陌上花开

驻足良久，就等陌上花开。

无意与百花争艳，你从不开在春天。不愿夺人眼球，你从不开在屋后房前。

只因谦逊低调，你从不开在高高的树梢。

阡陌尽头，任弱小的身子随风摇曳。

广袤的天空下，你举一盏花灯，妩媚而灿烂。

人迹罕至，不在乎有谁欣赏。

风，是你最好的玩伴。风情万种，只为伊人绽放。

雨，是倾慕你的粉丝。雨滴即泪滴，浓烈的爱永不改变。

你喜欢蜻蜓，让它们盘旋在瘦小有力的臂弯。

你喜欢蜜蜂，从不拒绝汲取蜜汁的小小针管。

你喜欢群鸟，当它们叽叽喳喳掠过头顶，那是最深情的赞叹！

陌上花开，可缓缓归矣！

陌上花开，我脚步难移！

陌上花开，心头永远流淌着诗意！

天高云淡

不用登上山之峰顶，不用站在云之尽头。

我在秋天的原野，深情仰望湛蓝的天空。

那么高阔邈远，似有万丈豪气穿过。只是我的胸襟太过渺小，渺小得如一粒尘埃，在半空中飘来飘去。

多想化作一颗星辰，融入这广袤的宇宙，用一束微弱的光，照亮平凡的人生。

悠悠白云，被午后的秋阳染个通红，骑在絮状的云朵上，像一个英武而自由的战士。

投影于纯白的棉桃，我的身子和灵魂紧紧契合，永远不会再分离。

夜幕降临，没有落寞，没有孤寂，我只听到自由惬意的呼吸。

天高云淡，望断南飞雁。一行行雁字，刻下我半生的拼搏。

它们的翅膀上，抖落一路的风霜，没有一刻停息。眼角饱含深情，泪花点点似云絮飞扬。

天高云淡，秋色灿然。西风烈马，踏遍多少坎坷，没有半点儿蹉跎。

八月的桂花，洒下满地清香；九月的菊英，从不畏惧寒霜欺凌；十月的枫叶，心旌挥舞，尽情摇曳。

秋　实

秋天和春天，它们以不同的方式出场。

春天用溪水的潺湲，草木的柔条，百花的怒放，走出冬天的肃穆和严寒的重围。

轻盈，飘逸，五彩缤纷，歌声如潮，笑靥如花。

所有的形容词，都无法描述这个季节的美，外在的美，热烈的美。

天道酬勤，春华秋实。

秋天，不只是天高云淡，桂花飘香，菊英灿煌，那累累硕果，才真正让人心动目眩，为之倾倒。

雪白的棉花，像天上的云朵，在秋风中翻滚。

稻菽，麦子，高粱，扬起金色的浪花，奔涌着红色的海潮。

五谷丰登，仓廪殷实，何来肃杀之气？

红枣，苹果，猕猴桃，所有的果子，挂满枝头，随金风玉露尽情摇曳。

纵使千万幅的图画，也难描丰收景象之一二。

诧异于秋实，感慨于人生。

用沉甸甸的果实与职场告别，顿时心如潮涌。

大地走笔

大地是一张巨大的白纸，我用一双赤脚当笔。

回望，脚窝子里长满一行行诗和美丽的画。

春天，我在江南。“江南好，风景旧曾谙。日出江花红胜火，春来江水绿如蓝。能不忆江南？”春风扯破白居易的衣袖，我梦见，他写诗，我作画，画幅映照在盈盈的眼眸。

夏天，我在塞北。“携书弹剑走黄沙，瀚海天山处处家。”岂止是天山，还有大兴安岭。岂止是伊犁，还有呼伦贝尔大草原。那里的绿洲，洗涤着我的心肺；那里的黄沙，轻轻按摩我的脚趾。白色的帐篷，白色的云朵，白色的马奶子酒，我枕着北国的风光，酣然沉醉。

秋天，我在昆仑，我在东海，我在九百六十多万平方公里的每一寸土地。我高举稻子的黄，高粱的红，棉花朵儿的白，把一幅幅丰收的图景，写进江山万里行。

冬天，我把白桦林种在雪地，把红梅绣上枝头。我在天涯海角垂钓，在南沙群岛的裙摆上，缀满珍珠般的浪花。

大地走笔，一笔一画，铿锵有力。镶嵌在脚窝子里的生命，轻盈又坚实！

麦黄时节

高铁穿行在中原大地，穿行在扑面而来的麦浪中。

窗外，披着黄金铠甲的麦子，在夏日的阳光下，威武雄壮地列队接受检阅。

麦芒指向天空，仿佛千万把剑戟，要劈出一个黄澄澄的季节。

熏风劲吹，麦浪翻滚，壮硕的麦穗，高举着丰收的喜悦。

一阵又一阵的躁动，像孩子要冲出母腹，争着向大地献礼！

远处，村庄一片朦胧，绿树沉浮不定。

惟有金色麦海，将这个季节的霸气，展露无遗。

田垄间不见农人，阡陌尽头，传来袅袅酒香。

收割前的祭祀，莫非早已登场？古老的中原，此刻最是灿煌！

水心云影

水，是春天系在树木花草上的绿绸缎；水，是夏日银河落九天的飞瀑；水，是秋天高深莫测、蓝得晃眼的夜空；水，是冬日躺在冰雪下、蒙着头酣睡的冷美人。有形的水，无形的水；流动的水，静止的水。都说女人是水做的。谁抓住水做的心，谁就有了征服世界的魂。

而云影，是一首诗，更是一幅画。春的云影，与厚重的雨幕连为一体。千万条银线，大地繁花似锦。夏的云影，倒映在荷塘。贴心的雨披，悄悄披在荷叶上。秋的云影，圣洁而崇高。白花花的棉桃，总是把温暖积聚在心里。冬的云影，飘忽不定。它让北国，千里冰封，万里雪飘；它让南方，远离寒冷，只需一件薄薄的单衣。

水的心，是温柔的心，包容的心；云的影，是千变万化的影，色彩亮丽的影。拥抱水心云影，天不老，地不荒。

素色清欢

月白如霜，照彻素颜。

一盘素菜，一壶素酒，任我独自品鉴。

这一方天地，干净素雅，没有喧嚣，没有尘土，更没有谁来打扰。

身着白衬衣，我与月色融为一体，这感觉无与伦比！

酒，越喝越少；脸，也越来越红。

没人看见，白脸红脸毫无区别！

只要心是素净的，如这清清白白的酒，可以开怀畅饮，不用看谁的脸色。

花花绿绿的世界，花花绿绿的肠子，花花绿绿的言辞，此刻都远遁而去。

惟有白色的酒杯，盛满琼浆玉液。我的手微微颤抖，酒水轻轻摇荡。

人间有味是清欢。清净，恬淡，这味道渐入骨髓。

纵饮清欢，不觉陶然而醉。

流水绕孤城

“黄河远上白云间，一片孤城万仞山。”

离黄河太远，那片孤城何等孤单！

有山无水，阳刚之气有余，阴柔之美不足，难怪“春风不度玉门关”，多么让人感叹！

可是，心中不应有孤城。

我拆了围墙，填满壕沟，走出城堡，向着光明奔跑。

我敞开心扉，打破桎梏，让隐匿的园林，在阳光下开出繁花似锦。

我在孤独的长亭摆放盛宴，胜友如云，欢声笑语，响彻云霄。

引来东海之水，洒落在孤城四周。

地下冒出汩汩清泉，流水环绕我的城堡。

站在城市的垛口，我看到熙熙攘攘的人流进进出出，抚慰着孤独的心灵。

心灵复苏，孤城不孤。

听流水潺潺，闻仙音袅袅，白云间的黄河，早已润泽万仞高山。

水韵悠悠

一

“竹外桃花三两枝，春江水暖鸭先知。”

“曲颈向天歌，红掌拨清波。”

春之水韵，在鸭子和鹅的戏水中，在春雨潇潇的闪亮中，在小溪潺潺的歌咏中，在南方水田的一抹抹翠绿中。

二

“泉眼无声惜细流，树阴照水爱晴柔。”

夏之水韵，是万丈飞瀑的倾泻，是黄河长江的浊浪排空，是无疆大海的潮涨潮落，是气势恢宏的不可阻挡。

一眼山泉，细流沁入荷田，荷叶上的水珠，滑落无数的诗情画意；晴柔的月夜，蛙与蝉停歇后，梵婀玲上奏放着名曲。

夏之水韵，多么清新而凉爽！

三

“秋水浸芙蓉，清晓绮窗临镜。”

秋的澄澈，尤似深潭之水。芙蓉绽放于水滨，一泓秋水从明亮的窗户溢出。镜花水月，纵有李杜之才，也难尽情描绘。

一只水鸟从芦苇中飞来，抖动湿漉漉的翅膀，把秋之水韵，洒向无边的天际。

四

“百泉冻皆咽，我吟寒更切。”

冰雪覆盖的世界，惟有泉水幽咽。

我匍匐在冰面上屏息倾听，流水无声胜有声，仿佛奔突的地火，在凝聚着力量。只要热血沸腾，寒风中的歌吟，又怎会弦断音绝？

冬之水韵，别致而幽深。

五

岁月更替，沧海桑田。

春夏秋冬，水韵悠悠。

生命之水长流，生活之歌不绝。悠悠水韵中，待从头、收拾好心情，朝天阙。

谷雨，瓜豆的温馨

谷雨，春与夏的交汇点，诗情画意的爆破点。

瓜豆伸出长长的手，藤蔓爬满瓜架。

淅沥的夜雨中，这疯长的生命，让温馨瞬间爆棚。

一畦瓜地，留下我无数的记忆。

一片豆园，成为催人奋进的源泉。

我的笔墨像犁头，耕耘着深沉的土地。

我的心血像雨水，滋润着可爱的瓜豆。

种瓜得瓜，种豆得豆；一分耕耘，一分收获。

暮春的雨水，洒落款款深情，渗透碧绿的藤蔓和枝叶。

雨后的阳光，播撒着希望，缓缓点燃初夏的热烈。

瓜豆沉默着，把满腹经纶，默默写进大地。

瓜豆吟唱着，唤起虫子的和鸣，将生命的合奏，不断推向高潮。

谷雨，被我吟成一首诗。

瓜豆的温馨，是诗中最美的韵脚！

碧水轻烟

一湾碧水，流淌千年万年，沉淀数不清的日子。

是从天上来吗？积聚无数的雨滴。

是从地下来吗？释放地心的血液。

是从人间来吗？挥洒多少人的汗水。

一年四季，就唱着一首清澈的歌。

晴空万里，分不清哪是云，哪是帆；雨雾迷蒙，看不透哪是舵，哪是篷。

畅游在它的怀抱，托起我的臂膀。

吸吮着它的乳汁，养育我的生命。

一缕轻烟，在山水间缭绕。

是晨雾的纱巾，兰花花晃眼；是暮霭的飘带，白净净爽心；是农家的炊烟，亮闪闪迷人！

若有若无，忽隐忽现。那柔美，让大山充满灵气；那飘逸，让村庄多了诗情画意。

挽着轻烟，鸟鸣清脆婉转；披着轻烟，笛声如痴如醉；顶着轻烟，劳作甘甜如饴。

牵着轻烟的衣袖，心飘向远方；追逐轻烟的脚步，日子豁然开朗。

一湾碧水，一缕轻烟。山环水绕，世外桃源。

美丽家园，我把你镌刻在心间！

望月，撷一缕思念

月圆月缺，天道使然。

盈盈满月，悬挂于中天。蟾宫折桂，玉兔腾欢。

吴刚捧起桂花酒，寂寞嫦娥舒广袖。

神话余韵，萦绕耳畔；仙子清影，映入眼帘。

亏月如钩，竖一把琴弦；碧空如洗，星河灿烂。

“夜来江上如钩月，时有惊鱼掷浪声。”

天风鼓帆，神女划船。残缺之美，如梦似幻。

月圆月缺，人道使然。

盈盈满月，如伊之面庞，白净周正，珠圆玉润。

“我寄愁心与明月，随君直到夜郎西。”

月华如水，思念无边。芳华渐逝，感慨何迟？

亏月如钩，描君之眉眼。柳叶轻拂，清露明澈。

“人有悲欢离合，月有阴晴圆缺，此事古难全。”

把酒言欢，对月当歌。缱绻何依，月明星稀。

望月，乘一丝清风，琼台入香梦。

望月，撷一缕思念，尽在不言中。

风过田垄

风过田垄，留下最美好的画面。

南方的田垄，山区的田垄，本身是一幅绝美的画。

远望，像一幅色彩鲜艳的油画！

嫩绿的禾苗，在风中摇曳。风，一把无形的梳子，轻轻柔柔梳理着庄稼的头发，梳理着站在田埂上，若有所思的少女的头发。

近看，更像一幅细致入微的工笔画！

风，从禾苗的颈部穿过，柔弱的肩膀耸了耸。风，从曼妙的腰身穿过，扶起那倾斜的一棵，发出爽朗的笑声。

谷物熟了，到处一片金黄。

风过田垄，画里画外，丰收的赞歌徐徐唱响！

田垄中漫步，托起稻穗金色的脸庞，风，惊讶不已，又呵呵笑了，笑得灿烂舒畅。

美好的画面，终究不忍心吹走。

于是，南方的田垄，一年四季郁郁葱葱。

溪边听蝉

小溪蜿蜒穿过林间，穿越炽热的夏天。傍晚，蝉鸣此起彼伏，我静静地坐在小溪边。

溪水静谧，如一条玉带，悠然飘向远方。蝉儿隐匿在树荫下，似调皮的婴儿，啼红了晚霞。

“莫道闻时总惆怅，有愁人有不愁人。”闻蝉亦有玄机，愁与不愁，全在于人的心境。

身处闹市，喧嚣不止；置身尘世，身不由己！白天忙碌，身心俱疲。酷暑难耐，怎能不心烦意乱？点上一支烟，惬意之感油然而生。蝉鸣欢唱，奏响天籁之音；溪水潺潺，洗去满身尘埃。

小溪宁静，我心静如水。猛然间，觉得蝉鸣似梵音，袅袅娜娜，沁人心脾！

云水间

远帆穿行云水间，海鸟翔舞，浪花欢唱，风在一路追逐。

新征程刚开启，它不是凯旋的归途，多想尽情享受这旷世征伐的孤独。

扁舟停留云水间，水天相接处，浮光倒影入眼眸。

垂下钓竿，放飞鸥鹭，心共流水荡漾，意与彩云飞翔。

不做蓑笠翁，愿做姜太公。云水茫茫是红尘，谁懂钓鱼人！

绿叶如伞云水间，一池清荷，花开红艳，藕臂雪白，看不尽的风风雨雨，尝不完的苦辣酸甜。

然朝飞蜻蜓，暮闻蛙鼓，秋来残荷掩生机，妖娆更在云水间！

小塘荷韵

风，吹皱一池碧波，扬起一塘荷香。

清晨，旭日东升，将缕缕淡红洒落在荷塘，洒落在迎风招展的荷叶上。田田的荷叶，如刚醒来的少女，脸上添几分羞赧，眼角留几分期盼。那滴溜溜的露珠，分明是她幸福的泪滴，长长的眼睫毛轻轻一眨，便兴奋地落下来，落在手掌般的池塘，落在汪汪的水中央。

中午，艳阳渐烈，池塘泛满金光。荷叶像一柄玉扇，将盛夏的风扇来扇去。一只红蜻蜓飞来，两只红蜻蜓飞来，无数只红蜻蜓飞来。它们矗立在荷叶上，就像刚学成归来的舞者，在碧玉间尽情荡漾。只有呱呱叫的青蛙，这时却噤若寒蝉，躲藏在水中不敢声张。而荷叶，面对青蛙冷笑着，猛然伸展宽阔的手掌，用绽开笑靥的花朵，邀请红蜻蜓翩翩起舞。“小荷才露尖尖角，早有蜻蜓立上头。”那浓浓的诗意，随风摇曳，随美丽的景致扑入眼帘。

傍晚，余热散去，惠风送凉。一轮弯月升上空中，清辉照耀在荷塘，如轻纱薄雾笼罩白色的浴缸。仙女一样的荷花，袅袅娜娜，月华洗净铅华，雍容大度，美艳沉静。出污泥而不染，让人倾慕留恋！

人生，若有一方小小池塘，就把自己钟爱的莲荷悄悄种上。不贪恋金玉满堂，翠绿的生命就会随风摇曳，而灿烂的荷花，必将成为另一种风景，带来别样的神韵。

雨　丝

连绵的雨丝，悠长，悠长；

滴落的雨声，清响，清响。

雨丝密密匝匝，经纬飞梭，编织夏夜写满诗画的黛帛；

雨声铿铿锵锵，八音齐奏，生生摄住了失眠人的魂魄。

我的思绪悄悄融化到雨丝中去了，头濡湿了，衣衫能拧出水来。胸腔里那颗心，却像发了水的石灰，正热气腾腾。

清瘦的岁月

清瘦的竹子，苗条，脆嫩，可人。

日光或月光下，投下斑驳的影子。它弱弱的“个”字，像极了郑板桥的画：衙斋卧听萧萧竹，一枝一叶总关情。

清瘦的芦苇，高昂，热烈，冰清玉洁。

秋霜凛冽，寒气逼人，它们全然不惧。顶着一头白发，在北风中呐喊，高扬圣洁的旗帜，和飞雪结下旷世情缘。

清瘦的电线杆，像武士屹立不倒。

春夏秋冬，寒来暑往。纤弱的外表，藏不住内心的强大。手牵着手，心连着心，电流像血液一样流淌，志向如群山一样远大。

输送光明，终结黑暗，多么神圣而伟大！

啊！竹子，芦苇，电线杆！无数清瘦的物体，无数神奇的灵魂。

它们清瘦的背影，无时无刻不在我眼前晃动。镌刻的岁月，如优雅的瘦金体穿越时空，成就一种艺术，光照千秋，绵延不绝。

采摘季

采摘白云红霞，轻轻挽着夏的臂膀。

乳白色的大棚，红艳艳的草莓，将一幅幅水彩画铺展在热气腾腾的大地上。

采摘翡翠西瓜，采摘甜蜜蜜的笑容。

一群胖嘟嘟的孩子，晃着圆滚滚的脑袋，在瓜田里，在我的眼里悠闲玩耍。

甜甜的心思，甜甜的歌谣，一齐无拘无束绽放，醉了整个夏天。

采摘蔬果，采摘一个个亮丽的日子。

西红柿和黄瓜，张开笑脸，伸出小手，在朝晖夕阴中舞蹈。

瓜熟蒂落，菜花随风摇曳。当季节反其道而行之，是谁在心中搭一座凉棚，敞开心扉？行行重行行，采摘复采摘。

陶然凿开一池清莲，那花，那叶，那莲子，徐徐采之，为何欲言又止？

山水之上

仁者乐山，智者乐水。

游历名山大川，是我一生夙愿。

登泰山而小天下，履华山而知险阻，朝嵩山而闻佛音，临恒山而晓幽深，攀衡山而觉飞跃。

涉黄河知家国，渡长江以壮怀。

山水之间，一草一木，自带灵性；一波一浪，浩浩荡荡。

寄情山水，慨当以慷；陶醉山水，以柔克刚。

山水之上，我有一颗红彤彤的中国心，如江河湖海，三山五岳，亘古不变。

捋一把春风献给年

北风已成强弩之末，冰雪的弓箭被一缕阳光折断。

黄河的冰凌开始松动，鱼儿吹起的水泡若隐若现。一行鸿爪在雪原上伸展，土地的心结骤然打开。梅花绽放红彤彤的笑脸，拥抱着季节的变换。

南方的山，一派生机盎然；南方的水，鸭子们在嬉戏游玩。水塘边几朵嫩蕊，像一只只小手，向着春天使劲召唤。

那是报春花，春天美丽的使者！我停住脚步，用深情的目光向她凝望。一种心灵的触动，燃烧我满腔的血液，此时无声胜有声。

捋一把春风献给年，捋一把春风献给你。

雨后田园

雨后田园如诗如画，美得让人心醉。

彩虹一头系在山的那头，一头系在水的这头。

田埂上的梦，擦亮了农人的眸子。

沿着美丽的彩虹桥，一行坚实的脚印，豪迈地伸向远方。

牧童的笛音骤然响起，惊动一群山雀，叽叽喳喳从我头上掠过。

禾苗随风摇摆，抖落叶子上晶莹的水珠。

远远望去，田垄就像刚洗过的翡翠，绿得耀人眼目。

园子里，蔬菜长得茂盛，萝卜挥舞着玉臂。

油菜花尽情绽放，如同金色的海洋。

桃李已经挂果，枝叶间垂下无数“珠宝”。

栅栏把诱惑挡在外头，那些伸长脖子的鸡鸭，总是无功而返。

雨后田园，涌动着诗情画意。

我变成一只快乐的山雀，在大地上纵情歌唱。

浅秋如梦

岳麓山的枫叶不愿轻易换装，它舞动绿色的臂膀，想挽留夏的热烈。

桂花、黄菊早已按捺不住，悄悄把蕊儿吐露，微小的米粒，像银河里的星星，闪耀着邈远而微弱的光芒。

千年学府传来朗朗读书声，鸣蝉和鸟儿停止了喧嚣，仿佛在洗耳恭听。

汪汪秋水，感知着物候的来临。荷叶开始卷曲，莲子在等候佳人采摘，肥藕的“呼唤”，一声比一声急切。远处，一朵莲花仍在绽放，如同一团火，呼啦啦燃烧。

一只蜻蜓飞过来，又一只蜻蜓飞过来，它们围绕着花朵盘旋，像一幅拼接的图画，在天地间呈现。

“自古逢秋悲寂寥，我言秋日胜春朝。”

“一年好景君须记，最是橙黄橘绿时。”

一片叶，一朵花，紧攥在我手心，与那千年妙句，将浅浅的秋，送入梦的佳境。

煮诗听雨

寻一妙处，与秋天来个约会。

除了清风明月、潺潺流水、隐隐山峦，那里绝对没有旁人。

煮酒，煮茗，也煮诗。

先煮一壶老酒，自酌自饮。酒不醉人人自醉，酣然入睡夜渐沉。

再煮一壶清茶，慢慢品味。杯中热气腾腾，唇边芳香四溢。茶叶沉浮，人生冷暖，个中滋味一齐涌上心头。

茶催酒醒，酒和茶韵。腹中诗情，早已鼎沸。

敞开山门，凉风习习。雨打秋叶，簌簌有声。

秋月隐匿，畏我诗之明丽；繁星退去，留我诗之灿烂。秋风秋雨，与我和诗共鸣！

古人悲秋，无非悲己；我今乐秋，秋更高洁。

煮一锅清诗，听一场夜雨，后半生的轨迹愈加清晰，让人奋起。

丛中笑

云丛中笑，那是风。

风不来，天空很难过，淌着的泪水像浮萍，没有根基，漂泊无依。风来了，天空敞开胸怀，云团躲了起来。这时，云雀的叫声是最敞亮的笑声。

树丛中笑，那是光。

林子密不透风，但阻挡不了光。阳光，月光，星光，它们都照耀在树叶上，投下光怪陆离的影子，投下对迎接光明者的礼赞。笑声无言，像利剑，驱散黑暗。

花丛中笑，那是蜂王。

花朵，绽放着笑意，流淌着蜜汁，用它从容的姿态，迎接着爱的使者。蜂王唱着歌，振动着翅膀，它的唇，迷人；它的心，醉人。笑声如琴瑟，似天籁，不绝于耳。

人丛中笑，那是我。

为生计奔波，不辞旦暮，纵使早生华发，赤心朱颜未改。一衣一履，一瓢一饮，淡然处之。春归也，如同梅花，它在丛中浅笑。人生若豁达，俯仰之间，其声亦赫赫。

收割的田野

卸下一身的负荷与疲累，收割后的田野像刚刚分娩的母亲。

她幸福地看了看谷堆，把白云蓝天遮盖在身上，微微闭上眼睛，露出开心的笑容。

蜻蜓仍在禾蔸上徘徊，青蛙已了无踪影。麻雀叽叽喳喳，在忙着拾掇地上的谷粒，拾掇田野上那些亮闪闪的话儿。

站在田埂上，南方的水田弥漫着浓浓的秋意。风吹来几片落叶，悄悄落在我的脚尖。远处，菊花开得格外灿烂，刚收割的田野又焕发勃勃生机。

广袤的田野，厚重的土地，承载着无数的生命，一茬一茬，一代一代，生生不息。

花　语

梅花怒放，雪花消融。

潺潺流水，荡漾着片片花语——冬去春来，生机盎然！

杏花开了，杏眼亮了，幸福与幸运降临了。

早春的温馨，摇曳的花瓣，此时无声胜有声！

桃李不言，下自成蹊。点绛双腮红，肤白胜如雪。

在绽放和回眸间，多少诗意，于枝头和心中弥漫。

梨花开了又落了，适才相逢又别离。一吟素笺短，满纸都是离人泪。

惟有樱花，纯洁无瑕。生命的高尚，洋溢着青春气息。

钟爱的晚樱，如同我的花甲之年，一旦盛开，必将流光溢彩。

世上不愁花不开，人间困顿莫记怀。

春情缱绻，动人心弦。撷一朵花，别在胸前。

默念花语，让漫长的人生，矗立永不凋谢的灵魂。

独旅远方

背上行囊，我独旅远方。

一个人的旅行，孤独却无牵挂。

去天涯海角，看远帆归来。云水茫茫，海天一色；鸥翔鱼潜，气象万千。航标在心中漂浮，灯塔在脑海里闪亮。人生是条小帆船，只要梦想高悬于桅杆，永远都不会沉没。只要不惧风浪，敢于拼搏，就一定会有收获！

去戈壁沙漠，观长河落日。黄河滚滚，胡杨依依；鹰击长空，朔风犀利。落日余晖，牵着缕缕情思；胡笳羌笛，诉说悠悠往事。我喜欢古丝绸之路上那串驼铃，绵延不绝，如今变成高铁穿越荒漠，在“一带一路”上疾驰。

去江南小镇，踏小桥流水。唐风孑遗，宋水涣涣，那是碧玉周庄。左手挽着姑苏，右手牵着西子，那是如诗如画的同里。

漫步江南，春季草长莺飞，夏季风情万种，秋季落叶飞舞，冬日烟雨绵绵。回眸一笑，心旌摇曳，孤旅顿生意趣。

独旅远方，因为远方有诗，有梦想。

那份孤独，藏着无尽的牵挂，悄悄寄存在心里。

眺望秋山

眺望秋山，我用眼睛作相机，摄下一幅幅美丽画面。

秋山，因秋水而明丽。“秋山含水有清辉，香冷翠屏春意靓。”

缓缓流淌的江水，清凉澄澈，波澜不惊，优雅欢快。

晶莹剔透的朝露，映射着明快耀眼的秋阳，从金黄色草叶上，无声无息滴落。

秋山，因白霜而妖娆。“空里流霜不觉飞，汀上白沙看不见。”

白霜覆盖的秋山，胜过春江花月夜的流盼。

翻松过的土地，更加深情款款。白霜渐融化，氤氲久盘桓，妖娆秋山变仙山。

秋山，因菊花而灿烂。“采菊东篱下，悠然见南山。”

白菊皎皎，黄菊灿灿，无不盛开在秋天的山坡。

闻四溢的花香，观花影的婆娑，天高云淡，灿烂的秋山，猛然开阔在我心间。

秋山，因枫叶而红火。“停车坐爱枫林晚，霜叶红于二月花。”

丹枫如火，那是秋天的标签，是系在秋山上的红领巾。

萧瑟的秋山，与我无缘，火红的秋山，燃烧在心间。

高举丹枫的火把，来场秋的盛宴，搂秋山入怀，抒发最美好的情感！

眺望秋山，心中永远有眷恋！

沉默的风景

缄默不语的，未必不是风景。

欧洲古老的城堡，矗立在如血的夕阳之下。陪伴它的，是呼啸的风、清冷的月，以及肆意生长的杂草。然而，它的雄伟依旧如当年的国王与骑士，横刀立马，将历史的片段呈现在人们眼前。

智利复活节岛上的雕像，历经风雨侵蚀千余年。一个文明消逝了，另一个文明兴起。那些雕像始终屹立不倒，向世人诉说着文明的不朽。

西安秦兵马俑、长沙西汉女尸，皆是世界奇迹。倘若它们长眠于地下，成为沉默的、不为人见的风景，那该多好！我们只需翻阅古籍，去想象秦朝的强盛与西汉科技的进步，便已足够。

当然，还有诸多深埋于地下与水下的风景，就让它们继续沉默吧。沉默的风景与沉默的人，印证着同一个道理：沉默是金！

冬天的远山

远山，若隐若现，像一幅画高高挂在天边。

没有春的翠绿，没有夏的绚烂，也没有秋的狂野。

空旷，高远，辽阔，深深融入黄土地的苍茫，最能打动人心。

曾经看到过一幅画，叫《冬天的远山》。一棵叶子落尽的古树，傲然矗立于蓝天下；高高的鸟巢，在瑟瑟的寒风中飘摇；两只雏鸟张开小嘴，等候着母亲的喂食，又像在引吭高歌。苍黄的远山作背景，总让人浮想联翩。

冬天的远山，落寞而不悲凉，苍劲而潜藏生机。极目远眺，一株红梅突然绽放在我眼眸，更像一团火燃烧于我心中。

人生有很多无奈，但只要心不死，勇敢面对它，寒冷便是一种生活的点缀。

冬天的远山，风景这边独好！

山那边

山这边，春渐渐逝去，夏缓缓来临。

我给春天涂抹上最后一笔，然后，合上绚烂的画框。

此时，乳燕的羽毛已经丰满，放飞的梦想，在翅膀上翱翔。

心，充满着诗意；歌，穿越了围墙。

我朝山那边走去，铆足劲，艰难地攀爬。

一个声音，与我一直默默对话，我忘记了疲累，任汗水湿透衣衫，任热泪淌满脸颊。

“不畏浮云遮望眼，只缘身在最高层。”

我无法达到王安石的境界，但一定知道，人生需要爬坡，需要突破，需要站在另一个山顶，去回望来时的路，俯视不一样的景。

心同景异，容易焕发新意；景同心异，最考验人的意气。

也许，没有春和景明，没有色彩斑斓，没有赏心悦目的期待。但攀登的愉悦，踏破坎坷的舒爽，让人恍然大悟：

原来，尽情享受的过程，就是心中最美的风景！

我把自己写成大大的“人”字，高高矗立在山顶。

走向远方

远方很远，远方也很近。

小时候，从小山村走向镇里县里，觉得遥不可及。

翻山越岭，涉水过桥，把几十里山路猛然甩在了身后，远方就近在咫尺。因为，人生没有逾越不了的沟壑，也没有翻不过的山梁。

后来，由市里走向省城，远方就成了一个又一个新的目标。

走向远方，不能总在原地画圈。

只有迈出艰难的第一步，才能画出人生偌大的抛物线。

沿着它，可以走得很远很远，踏上石拱桥，越过泥巴路，蹚过激流险滩，把一道道风景摄于眼眸，把绚丽的彩虹揽在胸前，成为经历风雨的人。

如今，一心向往更远的地方。

让赤道贴紧蹦跳的心房。

让亚马逊的原始森林倾听震天的吼声。

让撒哈拉沙漠亲吻跋涉的脚步。

让南极北极造好白皑皑的冰屋，安静等候我的到来。

让美丽的极光射入深邃的瞳孔。

让一望无际的冰川装饰别样的人生。

让蔚蓝星空成为头顶上的光环。

我坚信自己，在奋斗之路上，又将竖起一块新的路碑。

走向远方，远的是梦想，近的是脚步！

吼　山

读中学时，常随大人上山砍柴。

东方既白，月挂峭壁，山鸡不鸣，万籁俱寂。

群山万壑，影影绰绰，古木森森，幽明莫辨。

发一嗓子“我来了！”声如洪钟，山岳震动，树叶簌簌，飞沙走石。

刀锋尖利，触木而倒，猿猴见之，无不遁逃。

一顿饭的工夫，柴已打好，捆牢扎紧，削木穿插，担之于肩。

爬上半山腰，便歇。

此时红日喷薄而出，霞光满天，风清鸟鸣，流水潺潺，遥可相闻。

再发一嗓子“我去也！”如钱塘浪涌，海啸突发，山鸟惊飞，虫豸失语，回响于天地，亢奋于心底。

全无倦意，一路飞奔。

返家，挑至镇上鬻卖，换作早饭钱，换成作业本，苦中有乐，何乐而不为！

吼山，就是吼人生，吼出精气神，吼出人生的精彩！

我说话一直嗓门清亮，声音宏大，得益于吼山吧。

木槿小令

木槿花开了。

淡红色的脸蛋，洋溢着夏的热烈。人到中年，与木槿相遇，又是何其相似。一瓣瓣花，摇曳着，那些风并不能左右它。

摘一朵木槿花，制成书签，延续木槿的一生。而我，在书页里始终没有找到自己。

花瓣褪去孤独，与字句相伴，不失为一种人生。

置于书页的木槿，我会一页一页地读。

读到高潮部分，我会以木槿的安静为岸，不让自己有一点偏颇。

草叶打开隔世的阳光

草叶低下头颅，不想与谁抗争。

大自然的法则，从来不会轻易改变。故而该发芽时发芽，该舒展时舒展，该凋零时凋零。

它安安静静守在路边，向你招手，也任你踩踏。它躲在深山，宠辱不惊，阳光雨露，清风明月，皆视为故旧知己。

即便深陷沼泽，一样不怒不喜。因为它明白，在困境中选择坚忍，就能抵御无妄之灾！

草叶高昂着头颅，不惧与世道抗争。

寒风凛冽，霜雪交加。但其心是热的，只要根深埋于地下，便不会有任何事让人惧怕。

阳光在心中涌动，焕发出浓浓诗意。阳光在血液里流动，触发永恒的记忆。

世道有险恶，草叶岂不知？

人生一世，草木一秋。六道轮回，生生死死。

蓄积着无穷能量，仿佛打开隔世的阳光。

第二辑

时光与记忆

在春天等你

我把最后一场雪，紧紧地攥在手心。
冰融化成一汪春水，在清澈的眼眸中流淌。
花儿尽情开放，鸟儿纵情歌唱。
青翠欲滴的柳树，敞开细密的帘子，迎接着客人的到访。
在春天等你，我不会辜负这美好春光。
泥土的芬芳，像一杯醇厚佳酿，早早送与我的鼻腔。
夕阳下，我扛起犁耙，走向原野，走向田埂，去开垦一片新的希望。
犁头发出的咔嚓声，如天籁之音奏响。
一幅《晚耕图》，悬挂在我心中崇高的厅堂。
在春天等你，就为等那春燕一行。
“泥融飞燕子，沙暖睡鸳鸯。细雨鱼儿出，微风燕子斜。”
燕子的呢喃，燕子的丽姿，燕子的勤劳，才是春天最美好的景象！
在春天等你，等一首诗，等一幅画，等一种醉美的心情——
“长亭更短亭，山高水又长。”

春风十里，因你而暖

花灿盈心，一脸笑意盈盈。

若无春风，最美的花也绽开不了。

二月杏花开，红粉春光惹人醉。

伸过来一张粉红的脸，滚烫滚烫。怕亵渎了这份清纯，竟无人敢接。

三月花千树，谁遣乱红入画中?

桃红李白，一片花的海洋。杨柳依依，一派葱绿之意。山泉飞瀑，珠玉四溅。一轮丽日，点染春之画图。

“三生三世十里桃花”，这浪漫太过于纠缠。还是那把油纸伞，在幽深的空巷里，显得真实自然，更加意味深长。

鸟的欢唱，花的绽放，水的喧哗，云的舒展，都在这一刻，围绕着你的篝火，一起轻歌曼舞!

春风十里，因你而暖。暖在心中，暖在怀里!

春来了

不知不觉，春来了！

嫩黄的报春花开了，开得那般灿烂，那般可爱。

阳光抚摸着她的脸，好一副羞赧的模样。

鸭子在水中畅游，“嘎嘎嘎”的叫声传递着宜人的温暖。

柳树开始萌芽，给春姑娘长长的辫子扎上细小的花朵。

一望无际的水田泛着金波，远处的烟苗在大棚中舒展着腰肢。

冷冽的山泉冒出一缕缕暖气，氤氲环绕，大地充满着勃勃生机。

一年之计在于春。候鸟飞向蓝天，人们各奔东西。

我们都是追梦人，我们又开启新一轮的奔跑。

春来了，春天真的来了！唯有不负春光，明天才充满希望。

隔水看桃花

阳光，桃花，织出春天最美的图画。

而我更想，隔水看桃花的优雅。

绵绵细雨，飘洒在春姑娘的怀里。柔嫩的柳叶，在浓雾中随风摇曳。雨雾的帘子，根本挡不住，对岸一团团燃烧的火苗。

春潮跌宕，水漫春江。

三生三世，十里桃花。

桃花开在山坡，像片片红云，从天而落。

桃花开在深沟，如巨大的石头，压着胸口。

隔水看桃花，桃花依旧笑春风。红扑扑的脸蛋走过，优雅的身姿走过，一群群男女老少走过。那个山坡，便成了桃花坡；那个深沟，更成了桃花窝。

岁月如歌，隔水看桃花，醉了人的眸子和心窝。

草长莺飞三月天

三月，晴雨不定，满眼落英缤纷。桃花刚铺好红地毯，转眼间就消失了；梨花把万千条白绢抛在地上，一阵风就吹没了；油菜花，樱花，玉兰花，才打个照面，就悄无声息远去了。

三月，惟有草长莺飞，像铺展的画卷，让人望不到边。路边野草，从不畏惧被踩踏；水中芦苇，长出一片绿洲；乱石中一棵小草，高举翠生生的小手，尽情绽放昂扬的姿态。柔弱中的坚强，透出多么旺盛的生命力！而那些名贵花卉，却在温室中独自憔悴。

大雁，丹顶鹤，还有无数的候鸟，一一飞回北国。南方的天空，终究留不住它们矫健的身影。我看见一群黄莺，从葱绿的枝叶间飞出，像利箭射向苍穹，留下一道道弧光。

草长莺飞三月天，江南江北共缠绵。

春花情窦初开

疏离的枝头，空旷的原野，春水盈盈的眼眸，到处是花的倩影。羞涩的花容，豪迈的姿态，缤纷的色彩，仿佛要拥抱整个春天。

梅花，开出缕缕清香。一曲《梅花三弄》，是谁在深情弹拨？杏花，开出幸福高贵。俊美的杏眼，为谁睁得这样溜圆？梨花，开出洁白如雪。问此刻，谁会怜香惜玉？桃花，开出红霞满天。人面不知何处去，又是谁为你默默守候？

屏住呼吸，让暖风轻拂。张开小手，拥抱岁月静好。初开的情窦，一样天真无邪。让雨滴和泪珠，挂上你修长的睫毛；愿阳光与思绪，打开我心中的门窗。

三月风情

三月，花草在大地上肆意玩耍，如同孩子，无拘无束。

三月，鸟儿于天空追逐嬉戏，好似闪电，转瞬不见。

三月，雏燕飞出暖巢，在风雨中历练，翅膀上扑闪着灿烂的明天。

三月，水田似镜面，波光粼粼，播下梦想的种子，生命在茁壮成长。

三月，桃花敷面，描不尽的妩媚！

三月，梨花带雨，说不出的缱绻！

三月，风和日丽，道不尽的华美！

三月，裙摆翻飞，看不透的迷离！

三月，流溢在眼眸，那是情侣的嫣然一笑。

三月，滑动在喉头，那是山歌的高亢嘹亮。

三月，闪耀在夜空，那是月色的醉美撩人。

三月，嘀嗒在屋檐，那是春雨的珍贵馈赠。

三月，春光潋滟，别有风情。纵有长箫玉笛，吹不尽那缠绵悱恻。

三月，春暖花开，草长莺飞。纵有丹青妙笔，也画不出那妖娆。

三月，是一首歌；三月，是一首诗；三月，更是一幅画。

我把三月的风情，种在心里，慢慢长成参天大树。

春色满园

那垛石墙，最熟悉不过；那道柴门，无可奈何。

一枝红杏出墙来，春色满园关不住。

深邃的意境，只可意会，不可言传。

放眼望去，李花悠悠，桃花灼灼。春风乍起，落英缤纷。

园子里的幽静，让人倒吸一口冷气。

石板和泥土交错的路面，小草侧着身子，像春天的使者，毕恭毕敬立于道旁迎接。

驳杂的柴门，如豁牙的老人，守得住春天，却关不住满园春色！

那垛石墙，垒得别具心裁。任何通向美丽的地方，都不能太平坦，更不能不设防。

与石墙遥相呼应的，是远处阶梯式的斜坡。我看见阳光在那里翻滚，到处弥漫着扑鼻的芳香。

枝头春意闹，欲言却无言。错落有致地摇曳，摇出人间最美景色。

夏日物语

夏日似火，流光溢彩。每一个物种，似乎都在倾诉。

一行白鹭上青天，地上拽着长长的影子。晨曦，在白色的翅膀上闪光。欢快的鸣叫，将一片静谧悄然打破。荷塘滴清露，似闻人语响。拔节之声，若有还无。青蛙跳水，溅起串串涟漪，如诗词韵律，在纤纤素手中弹拨。云霞出岫，风声簌簌。云雀翻飞，其歌婉转。芭蕉听雨，琴音袅袅。矗立窗前，心潮起伏，天地迥远，八音在胸。

闻物语，去物欲。夏日，拥抱万物，顿感清凉如水。

夏风如火

仲夏，滚烫的季节，风如火，燃烧着激情。

云霞在天际漫步，遥远的大地，美丽如画。

杨梅林醉了，知了躲在树叶中歌唱，薄薄的羽翼折射着斑驳的阳光。

荷叶打开了绿伞，无数朵火焰腾空绽放，莲蓬为结籽而灌浆。

稻穗正扬花，到处嫩黄一片。杨柳岸，晓月无边，滚滚碧浪涌向前。

夏风如火，滚烫的季节也有清凉的诗意。

诗人聚会，逸兴遄飞。

葡萄架下，八仙桌旁，一壶清茶，几片西瓜，爽心爽口，正好拉呱。

诗词歌赋张口来，行云流水到胸怀。

阳春白雪，下里巴人，不羡鸳鸯只羡仙，何似歌舞在人间。

夏风如火，我把目光投向不一样的群体。

辛勤的老农，愿你不要在烈日下暴晒，愿风儿变凉，吹向你敞开的心房。

野外作业的工人，愿你不要受到毒日的灼伤，愿云朵飘来，给你抹上厚厚的防晒霜。

马路上的交警和环卫工，愿你们不要受到酷暑的煎熬！

愿云气变成雨滴，轻轻洒在你胸前，再递上一杯凉茶，让你享受舒心的爽！

雨中夏花

此刻，分不清哪是雨水，哪是泪水。

夏花，就像青春年少的女子，被雨露滋润着。

当泪痕轻轻滑过眼角，立马绽放一脸的灿烂。

久旱逢甘雨，他乡遇故知。

这场雨，来得正是时候。雨水像母亲的乳汁涌出来，漫过来，夏花有如孩子，张开美丽的檀口，尽情吸吮着。

脸色，慢慢红润；眼睛，流光溢彩；花瓣，鲜艳柔美。

夏花，随风轻舞，在闪亮的雨丝中，变成一个快乐的小精灵。

它的心飞起来了，它的歌唱出来了，它的魂飘起来了，它的情感溢出来了。

雨中的夏花，像一幅写意画，任你观赏，任你描摹，任你把它搂入怀中。

“生如夏花之绚烂，死如秋叶之静美。”

雨中夏花，在绚烂中快乐生长，但从不惧怕死亡。

它短暂的生命，因雨水的滋润，变得格外悠长。

因为泪水的浸染，带来最美好的时光！

夏天的韵味

天籁之音四处响起，轻轻敲打我的耳鼓，或低沉迷人，或悠长高亢。

牛的哞哞声，青草的咀嚼声，牧童的短笛声，带着诗一般的韵律，在山坡和田垄飘扬。

山泉飞瀑，像珠玉撞击发出脆响。

蛙鸣池塘，徐徐打开绿色的乐章。燕子的叫声，让翅膀上的梦，格外高远明亮。

各种香味弥漫在天地间，近在眼前，又远在天边。

野花清香，槐花浓香，菜花又甜又香。

瓜果的奇香，径直扑入我的鼻腔，灵敏的嗅觉特别舒爽。

青梅煮酒，更是朝思暮想，葡萄架下，一派曲水流觞。

那味道，真是垂涎三尺，难以描状。

夏天的韵味无穷无尽。

切莫让自己失去心魂，丢了本真！

夏天的故事

夏天，热得有些灼人。一场酣畅淋漓的透雨，让闷热变得格外清爽。一弯彩虹，连接着溪谷山峦，也连接着美丽的梦想。

莲叶轻摇，荷花绽放；露珠滚动，气象万千。蝉鸣空桑林，今朝更动听。公园深处，情侣们喁喁私语，书写着夏天的故事。

不禁想起一百年前的夏天。一群热血青年，怀揣着美好理想，高举马列旗帜，让南湖的红船，照亮了黑暗的世界。那个夏天，开启了划时代的大幕，上演了一幕幕慷慨悲壮的故事。那个夏天，播下的火种熊熊燃烧，注定要改变旧世界。那个夏天，让一代代中国共产党人前赴后继，英勇奋斗，最终创造了我们今天和平幸福的美好生活。

夏天的故事，从历史中走来，在现实中闪耀。火热的夏天，唯有初心不改，才会愈发闪亮，永远照耀前行的路。

麦尖上的光芒

一垄垄麦田，在阳光下泛着金波。

火辣辣的夏风，送来醉人的欢歌。

麦穗低垂，麦芒昂扬向上。是一种姿态，一种虔诚?

不，这是诠释生命的最好方式!

揽一株麦穗在手，我惊诧于麦尖上的光芒。

这光芒，浸淫着隆冬的雪光，弥漫着翠绿的春光，宣泄着沉甸甸的金光。

雪光，孕育它的内心，磨出的面粉才会洁白如玉。

春光，化育它的内质，扬花灌浆，万里飘香。

金光，宣告它的成熟，如同菩提树下，功德圆满。

麦尖上的光芒，收割时镰刀挥舞的光芒，组成天地间最耀眼的光芒。

它是物质的光芒，也是精神的光芒，更是生命的光芒!

五月，第一次相约

走进五月，拥抱夏的红火，夏的热烈。

第一次相约，一腔碧血丹心，任我尽情书写！

五月，杜鹃花开满山冈，开满我激情勃发的心头。

禾苗在拔节生长，诗在风中摇荡。

相约去看花，看水，看山。

青山绿水，换了人间！

五月，劳动的号子响彻云霄，劳动的神圣大放异彩。

相约在劳动的快乐中，让闪光的汗水，自由挥洒。

幸福不是梦，美好的未来不是梦，一切从我们双手中来！

五月，第一次相约，不是花前月下，不是缠绵悱恻。

心相连，手相携，不畏惧，不胆怯，让人生奋斗之路，更加完美无缺！

五月的相约，款款而至。

是一团火，燃烧我的激情；是一片云，在我头上飞腾；是一朵花，别在我起伏的胸襟；是一洼水，让人多么滋润。

五月，第一次相约，无语凝噎，不忍归去。

七月，瞧这些生命

七月，浮萍如果死亡，它会把根交给流水，流水会化作美丽云彩。

池塘是弹丸之地，天空才是广阔的海洋。回归大自然，孕育新的希望。

一段朽木，早无生命的迹象，但它仍然是活生生的。

因为，一片菌子从它身体里面长出来了，这些附着的生命，分明是一种延续，就像我们人类，一代一代死去，一代一代生长，绵延不绝，无穷无尽。

荷叶渐次枯萎，荷花慢慢凋零失色，莲蓬也被悄悄摘走，生命似乎已经走到尽头。

可是，看不见的生命却在疯长。当你俯下身子，凝神倾听，那泥土里的莲藕正在奋力生长，像婴儿胖嘟嘟的小手臂，有意无意地伸向远方。

它们的呼吸，在夜色的衬托下，变得多么安详与静谧，像一首歌，更像一首诗。

七月，激情似火，可以燃烧一切，也能催生一切。

七月，没有死亡，只有生长。如果有死亡，那是生命表达的另一种形式。

拥抱不忍离去的秋天

我要走了，秋天依依不舍。

她像一位天使，降临到这个世界。

天高云淡，格外辽阔；秋风送爽，多么惬意。

丰稔的大地，瓜果飘香；稻穗棉桃，尽显成熟的妖娆。

盈盈秋水，清亮澄澈，一如伊人的心底。

荷叶，卷起伞盖的华丽，将一腔情怀深深藏匿。

蜻蜓和蝴蝶，带着浓重的露华，在秋的原野，举行告别的奋飞。

我要走了，秋天无语凝噎。

桂花开过了，清香永远留在人间。

菊花开过了，金黄的灿烂依然在心中涌动。

归雁渐渐远去了，它们欢愉的鸣叫，擦亮过天空。

枫叶红了，杏叶黄了。美丽的身影，已嵌入记忆的画框。

一场秋雨，打湿了温热的情思。风的呼啸，那一丝寒冷，无法阻挡新的梦想。

我要走了，秋天蓦然回首。

抓牢天使的翅膀，不让她飞走，哪怕是一分一秒，多么弥足珍贵！

拥抱不忍离去的秋天，眸子中满是离情。

既然无法挽留，那就默默等待，下一个轮回。

秋天的声音

处暑一过，白露为霜。寒蝉开始噤声，它的聒噪听不见了。

青蛙纷纷逃跑，蛙鼓渐渐敲不响了。蟋蟀闭上嘴巴，它们的歌唱戛然而止。秋天，一个沉默的世界。

蓝色的星空，深邃如伊人的眼睛，痴痴地望着你，不用说话。

白云从头顶飘过，静静的，远远的，高高的。

落叶归根，亲吻着大地，却听不见滋滋的声音。

唯有树梢在摇动，告诉你有风，凉凉的风，有时发出凄厉的尖叫。

沉默一旦被打破，在你眼前挥舞的，那是秋天的魂魄。

归心似箭，望断南飞雁。

秋天最美的声音，是归雁欢愉的鸣叫。不，是它们的歌唱，让秋天有了别样的灵动。

搅动银河的水，缓缓流向我的心中，多了几分从容。

秋天的声音，像织女穿梭，似菊花绽放。

只有夜深人静时，才能洗耳恭听。

一根针掉下的声音。心平静跳动的声音。在纸上奋笔疾书的声音。

所有的声音汇成秋天的交响乐，一篇《秋声赋》昂扬激越。

秋天的声音，收获的声音。

站在无边的旷野，沐浴着浩荡的天风，充耳闻天籁，好一个奇妙世界！

菊染秋色

“采菊东篱下，悠然见南山。”

大诗人陶渊明没能复活，东篱下的菊花却依然开得灿烂。

它像一匹染上金色的绸缎，在湛蓝的天空下，黄澄澄的煞是好看。

秋天是唱着歌来的，满目的菊花是歌儿中最耀眼的音符。

去年的菊花，我把它描在了心底，至今盛开于我诗歌的枝头，为平凡的岁月撒下耀眼的金箔。

我把它晒干当成茶喝，当菊花漂浮在水面上，散发出淡淡的芳香。

我的喉嗓直至肺腑，弥漫着从未有过的清爽！

今年的菊花一绽放，就把秋天灌醉了。

花瓣上垂着晶莹剔透的露珠，像把思念藏在心里，又像把回望挂在脸上。

只是经不起风的摇曳，风一摇便坠落了，如同坠落了昨夜的酣梦。

喜欢菊花肆无忌惮的黄色，无拘无束，覆盖着大小山峦。

一个热烈的秋，内敛的秋，肃穆的秋，被推上金灿灿的顶峰。

秋色撩人胜春光，只因菊花淡淡香。

菊染秋色，没有惆怅，也没有彷徨，端的好个秋，诗意正飞扬！

秋日韵味

天凉好个秋，诗韵涌心头。

仰望天空，白云飘飘，望不到尽头。

俯瞰一池碧水，鱼儿欢游，莲子深沉无语。天地肃静，悠悠我心。

桂绽金蕊，菊藏霜华。那一片高地，春华秋实，岁月静好。

与秋天有个约会，恰似第一杯奶茶。或浓或淡，或苦或甜，敌不过晚来西风。

挥舞镰刀，挥汗如雨。收割秋日韵味，收获人生百味。

我欠秋天一首诗

今年的秋天，能称作秋天吗?

露臂儿的短袖，一直套在夏颀长的脖颈上，露脐装的裙子，依旧在火热的空气中，很吸睛地飘来飘去。

桂花忘了季节，矜持得不愿绽放笑容，如同羞答答的姑娘，哪敢展示中秋节火爆的模样!

菊花将捂坏的花蕊藏在胸襟，用绿油油的手臂，宣示不想换季的憨劲。而枫叶，没有严霜，就见不到红扑扑的脸。

山坡上的野草，卷着焦黄的头发，像任性的孩子，恁地不肯轻易离场。

今年的秋天，能称作秋天吗?

坐过山车似的，转眼间又变成冬天。

仿佛在北方，想雪藏自己的，正是这分行的文字。那好吧，欠你一首诗，我的秋天!

流年剪影

流年似水，一波一波涌来。

剪影如云，一张一张翻转。

春天，剪一段花影，贴在蜜蜂的翅膀上。

夏日，剪一段荷叶，贴在皎洁的月光上。

秋天，剪一段果香，贴在蓝色的云水上。

冬日，剪一段雪痕，贴在火红的梅枝上。

或者，把我童年的牧笛，吹响无忧无虑的烂漫。

把我少年的梦想，绽放绚丽多彩的火焰。

把我中年的奋斗，谱写慷慨激昂的诗篇。

把我花甲之年的咏叹，凝固成那回眸一笑。

花开花落，云卷云舒。

流年如一本日历，翻过去的日子不会再回返。

人生之路高高低低，起起伏伏。

剪影就像一本相册，珍藏的岁月值得回味。

流年似水，剪影如云。

驾一叶小舟，荡漾在云海深处。

流年的记忆，成为我留给你的剪影。

冬是春的盛装

雪莱说，冬天来了，春天还会远吗？

我说，冬天来了，为春天悄悄准备着盛装。

北国，银装素裹，分外妖娆。脸、头帕、肌肤，每一处都洁白如玉，每一寸都让人着迷。露珠、雨雪、水洼，无不穿上透明的冰衣，简约而庄重！

南国，冬天总是深居简出。

红枫，银杏，开不败的菊花茶花，河岸依然葱郁的柳条，被和煦的风高高举过头顶，欢欢喜喜缀于大地的襟怀。五彩缤纷的盛装，从春天到冬天，好像一直穿在身上。

冬是春的盛装，我却只要一片雪花。

因为，冬天最美的雪花，一定会开出春天的盛装！

睡在冬天的花朵

雪给冬天盖上厚厚的棉絮，花朵儿就这样安然沉睡。

浪花睡在冰层下，往日的喧闹悄无声息。

报春花睡在雪地里，暗暗积蓄着力量，就等着开春的号角吹响。

泪花睡在爱情里，滚热的心思终会融化所有的寒冷。

这个冬天，这个深夜，纷纷扬扬的雪花无法入睡。

叫醒窗花，烛花，还有红色的梅花吧！

睡在冬天的花朵，因为我的心花怒放，打破沉闷，打开桎梏，奏响生命的乐章。

所有的花朵不再沉睡，它们都猛然醒来了。

我迈开脚步，伴随着花开的声音，欣然朝前走去。

冬天的乐章

冬天，肃穆，旷远，厚重。

走向原野，走进季节深处，华美的乐章，在我眼前骤然奏响。

枯黄的草木，已然在雪中萌芽。疏离的枝头，漫舞着六角绮花的神韵。

天空，有寒鸟飞过，雪云迎合着，划出一道亮丽的风景。

雪地上，一行行足印向前延伸着，鸿爪和车轱辘的痕迹，像若有若无的琴音。

冰封的河流，气沉丹田的歌者，血液在胸腔流动，气息在喉管凝结，汇聚着随时爆发的伟力。

远处，蜡梅如火焰般绽放。火光映照着雪光，我听见噼噼啪啪的声音，似有激情在燃烧。摘一朵梅花插在胸前，冬天里的一把火，温暖着我的心窝。

大地，多么宽广的舞台；夜莺，不知疲倦的歌者；雪精灵，无比圣洁的舞者。它们欢呼着一齐登台演唱。

冬天的乐章，正是春天的前奏！

跨年一小寒

梅花开小寒，冰雪荐清香。置身于南国，红梅争艳，白梅吐雪。香气扑鼻，不觉陶然而醉。

红梅像一团火，在远处跳跃，熊熊燃烧的姿势，令人叹为观止。走向前去，怀抱那团火，寒冬里散发出来的温煦，经久不息。白梅如一团雪，在眼前飞舞，白色的身影，是天地间绝美之精灵。久久凝视，凝视着久别重逢的爱人，今朝喜相逢，不忍再分离！圣洁的雪，盛开于深邃的眸子；圣洁的情，默默长在飘逸的枝头。

摩挲着你的头，洁白的头发光滑细腻。回首往昔，岁月留不住满头青丝。摩挲着你的脸，粉面朱唇仍是那般娇嫩。韶光易逝，眼角流溢的是不悔的青春。

小寒料峭，一番春意换年芳。眼里无苦寒，心中少孤寒，寒暑一瞬间。阡陌红尘，飞短流长；茫茫人海，熙熙攘攘。红梅妖娆，白梅皑皑。芳华绝代，谁说诗意阑珊？

跨年寄语，在冬的尽头，用梅花装扮，醉心于春的缱绻。

冰是睡着的水

冰是睡着的水，现在沉沉地睡着了。

它睡在壶口，往日咆哮的黄河沉默了。白玉般的冰面下，悄无声息，处子一样安静。北风怒吼，冰凌怒放，鹰击长空，鱼翔浅底。大地深处，惟有血液奔腾不息，为生命努力积蓄能量！

它睡在宽阔的湖面上，静谧而祥和。狗拉着雪橇从容走过，孩子们尽情抽打着陀螺，开心地溜着冰儿，远处飞来几只鸟，像是谈着恋爱，又像是嬉戏打闹。也许是太累了，它感觉不到重压、抽打和喧闹，此刻萦绕它的，分明是久违的踏实、香甜与舒适。

它睡在开阔的屋檐下，倒立着身子，像个调皮的孩子。窗口有双眼睛，一双好奇的眼睛一直深情地张望着。修长晶莹的玉人，在阳光下分外灿烂，它眼里饱含泪水，心中永远充满希望和温情。人们都说柔情似水，佳期如梦，而冰凌，才是这个冬天最真实的风景——它睡着的姿态，千娇百媚，无可替代。

冰是睡着的水，一旦醒来，春天就来了。

一场雪的邂逅

冬天无雪，就像人生无趣。我喜欢下雪的日子，欣赏大雪纷飞的样子。在雪地上行走，在暗夜里跋涉。有雪光照耀，回家的路就近了。雪，是白色的精灵，知寒知暖的爱人，是上天送给大地的馈赠。

雪，落满我的头发，染白我的青丝。脸是红的，心是红的，血液是红的。白里透红，与众不同。雪，落进我的脖颈，渗入我的怀里。敞开胸膛，松开衣袖，张开手掌，任人间冷暖，漫溢每一寸肌肤。

堆一个雪人，堆一溜雪人，给它们一一系上红丝带。然后，打开一瓶老酒，与天地对饮，一夜无话。我默默祈祷，期待一场雪的邂逅。

城舞飞雪

一场飞雪，一群白色精灵的舞会。雪花自由自在飘落，像白色的蝴蝶翩翩起舞，旷日持久的沉闷终于被打破。到处银装素裹，分外妖娆。

雾霾散去，空气清新，城市因雪而变得格外圣洁、干净。白口罩悄悄钻进口袋，围脖们一个个走向户外。行走在街上，徜徉于公园，无不尽情嬉戏，一路飘飘洒洒。

雪落无声，琼枝轻摇；鸟宿高巢，欢呼雀跃。红梅花儿开，燃起一团团圣火，白里透红，风光自不同。

城舞飞雪，养眼养心；城舞飞雪，美不胜收。我愿作一朵雪花，无拘无束，在城市的上空飞舞。然后，轻轻落在红艳艳的梅枝上，给自己，拍一幅写真，让城市，铆足精气神！

冬曲流韵

冬天，云翳低垂，北风呼啸，雪花飘飘。走兽入穴，飞鸟归巢，人迹稀少。广阔的原野上，空寂，落寞，萧条。

冬曲流韵，最倔强的是生命！突然，一声低吟浅唱从地心响起。侧耳倾听，冰层下的河流正在淙淙流淌，就像人躲进棉絮里，只要他活着，那蹦蹦跳跳的心是永远掩盖不了的。生命潜伏的冬天，就是用低沉的曲子，给人带来强烈的震撼：生命不息，战斗不止，激情永远不消退！

冬曲流韵，最火热的同样是生命！远处，一株株蜡梅迎雪绽放，像一团团烈火在熊熊燃烧。雨雪浇不灭它，寒风摧不折它，冰冻压不垮它。那顽强的生命力向我们昭示着一个真理：只要有信念，有追求，就可以战胜一切！被打垮的人，往往不是别人，恰恰是不堪一击的自己。

冬曲流韵，催人奋进。寒冷的冬天，行走在广阔而寂寥的原野，高举梅花炙热的火把，唱响心中那首歌。向着美丽的春天，朝着美好的人生，一路走来，走来。

年　关

驱走叫年的猛兽，又迎来年关。

偿还所有的债务，卸下沉重的包袱。哪怕一无所有，夫复何求？

悠悠往事，烟消云散。

该来的总会来，该去的总会去。切莫为尘世所惑，时刻睁大一双慧眼。

珍惜身边人，珍惜当下事，天堑变通途，没有过不去的坎。

年关将至，乡愁格外浓烈。

雪未下，发须白。

遥念母亲，呼唤总在梦中萦绕。老人在苦苦等待，让我泪流满腮。

不要犹豫，不用徘徊，陪伴老人过年，是我不二的选择。

近乡情更怯，不敢问来人。

站在年关的门口，我百感交集。

大雪无言

我喜欢听雪儿说话。

她落在树梢上，草叶上，屋檐上，发出沙沙沙的声音，很好听。

我喜欢这种掷地有声的声音。

打开窗户，伸出手掌。雪粒儿在手上蹦跳，然后慢慢融化。在冷与热的碰撞间，有一种特别的心语将我陶醉。

北风一吹，雪粒儿迅速凝结成一片白色。我知道，一场大雪要来了！

天空阴沉，大雪纷飞。一团团棉花朵儿，像白色精灵在空中飘舞，静悄悄的，没有一丝声音。

山坡白了，田野白了，大地盖上厚厚的雪被。庭院白了，屋顶白了，屋檐上挂满长长的冰凌。

池塘结了一层薄薄的冰，枯萎的残荷簇拥着雪花，仿佛猛然有了生气。

大黄狗在雪地上欢蹦乱跳，孩子们手舞足蹈，小雪人堆着小雪人。

远处，梅花怒放，那通红的火焰，温暖人世间。

大雪无言，是生命怒放后的沉默。

站在雪地深处，我高举双手，望着飘扬的雪花，发出心中的呐喊。

踏雪寻梅

一群白色的精灵，欢快飞舞着，优雅飘转着，多么潇洒的身影，径直走入冬天的梦境。

广袤的原野上，北风呼啸，不绝于耳。梅花在雪中傲然绽放，摇曳着一团通红的火焰，圣洁的世界，突然拨动我的心弦。

远望，铅云低垂，雪团翻滚。一行山鸡的爪印，顷刻间被大雪掩埋。

崖边那团火，却越烧越旺，越烧越近，仿佛点燃我的眉毛，灼烧我的胸腔。

我不顾一切扑上去，像抓住一盆冒着蓝烟的炭火。

梅花安静地依偎在我的手掌，听着她的心跳，触摸着她的呼吸，一串滚烫的泪珠溢满我发红的眼眶。

多少年了，南方无雪，雪，成了一种奢望，成为一个梦想。

当年站立雪中的女孩，北上，还是南下，早已音讯全无。

一段纯情如白雪，半生痴念似梅花。

绣着梅花图案的红丝巾，还在无雪的冬天飘飞，仿佛诉说着踏雪寻梅的故事。

冬　至

冬至，寒风裹着而来，雪花簇拥而来，迎着红梅的笑靥而来。原野，飘落皑皑的雪；枝头，结满晶莹剔透的冰。

满头白发的老人，从门窗里张望，盼望远行的游子归来。白日苦短，脚步匆匆；夜晚至长，思念甚浓。

冬至大如年，摆放香案祭祖先。香烟袅袅，烛光闪闪。游子归来，敬奉在父母膝前，一顿团圆饭，一杯老白干，亲情筛酒泪滚滚，何似今日承亲欢！

冬至一阳生，万物皆有灵。大地开始回暖，泉水温热有声。草叶暗暗萌发，春心更觉荡漾。否极泰来，养生提气，不愁春光不复回。

冬至，你在北方，我在南国，遥敬一杯酒，互道珍重，安好！

初　冬

秋天谢幕了，冬天闪亮登场。

北方的雪，已在好友的笔下漫天飞舞。

山舞银蛇，原驰蜡象，圣洁，耀眼，坦坦荡荡。

白色，还原了世界的本色，而山川风物，无不凛然威武！

南方，仿佛还在扯着秋的尾巴。

旷野的草色黄绿相间，枫叶依然是浅浅的红妆，黄菊在山崖边傲然绽放，各种野花烂漫芬芳。

收割后的田野，长出了二茬新绿，农家袅袅的炊烟，多么温和而缠绵。

在我眼里，初冬不过是一个时间概念，任何景物的描写，都难免以偏概全。

我宁愿将初冬当作一种心情，想象为一个画面，去领略四季的轮回，通向心目中的冬天！

用柳条装点冬天

空旷的原野，江河湖海的堤岸。柳树，用嶙峋的骨骼和棕褐色的脉络，展示着自己的威严。先前那柔美的发丝，此刻化作万千条钢鞭，抽打着凛冽的寒风。

远处，衰草扑地，芦花飘零，虫豸躲进地穴，寒鸟不敢轻易吱声。惟有柳条，藏起昔日的倩影与婀娜的身姿，凛然面对世间万物，把自己独特的风景，高挂在冬天的枝头。

那份从容与执着，仿佛脱胎换骨的嬗变，让人肃然起敬。冬天的柳条，更具阳刚之气，不啻为女中豪杰。她装点着冬天，威严而不可侵犯，凛冽而不乏柔情。

一场冷雨，一场冰雪，空旷的原野上，就会耸立她手执钢鞭的不屈雕像。我猛然看见，柳条的指头间，密布着肉眼看不见的嫩芽。雪莱说，冬天来了，春天还会远吗？

用柳条装点的冬天，疾步而行。被雪花梅花徐徐打开的，正是含蓄的春之序幕。

岁月是一指流沙

河岸，垂柳依依。

柳叶，芦絮，飘落在沙滩，泛起水鸟的徘徊。

古意的垂柳，是否记得我握住的那一把沙？在时间的卷轴上，我不断描画，一枚叶子怀有的深情，就在我的唇边，点燃。

双手合十，打坐，闭目诵经。然后，匍匐于地，掬一捧金沙，让时间搁浅在指尖上。

子在川上曰，逝者如斯夫。岁月是一指流沙，每一个日子，都流动着平凡与伟大。

岁月与我，合而为一，相随悠远。

时间那么旧

一堆故纸，悄无声息。

轻轻拭去微尘，仍觉眼前一亮。

淡淡的墨香扑鼻而来，瑰丽的文字映入眼帘。

一些故人，久未联系。偶然闻说，不知不觉唤醒了记忆。

共同的岁月，何曾沉寂？一样的经历，何曾消失？

偶尔相遇，不会失之交臂。不约而同，惊讶中能叫出各自的名字。

少年心事，早已为岁月尘封，一旦启封，似乎返老还童。

同窗情谊，胜过手足，互帮互学，砥砺前行，一幕幕情景多么清晰！

数十年的同事，彼此信赖无隔阂，弥足珍贵。

时间那么旧，人生何其长！

翻阅一张张旧日历，缓缓打开记忆的闸门。

我张开双臂，去迎接新的希冀！

远去的时光

时光如流水，一去不复返。那片葱绿，被金黄深情覆盖。熟透的青果，让人垂涎欲滴。衔着春潮的燕子，被空旷高远的雁字替代。莲荷收起华盖，拥抱藕臂入怀。蝉鸣消逝，留下一地蝉蜕。

那些熟悉的人，或驾鹤西去，阴阳两隔；或远游他方，渺无音讯；或调离升迁，成了圈外之人。看得见的，看不见的，看得远的，看得深的，惟有时光的眼睛，可以从容检视。

站在冬天的旷野，我又回过头来。时光像一匹野马，在眼前狂奔。寒风吹拂满头白发，吹落杏黄，吹落红枫，吹不落的是我一片丹心。伸出双臂，紧紧抓住时光的尾巴，我听见自己的心声，依然慷慨激昂。远去的时光不可挽回，但也不必悲伤。

时间的背面

站在岁月的门口，我不断叩问：时间的背面，究竟是什么？

明月高悬，繁星闪烁，四周寂静无声。

现代科技打破了流传几千年的传说，月球上没有蟾宫，没有嫦娥，也没有吴刚。那棵桂花树，也不过是虚幻的影子。

月球的背面，如同时间的背面，藏着太多秘密，如海沟幽谷，深不可测。

摆弄一枚硬币，让它使劲转圈儿。

正面的数字，了如指掌，至于它的背面，我却一无所知。

既然不了解时间，又怎能知晓它真正的价值？

于是，我们陷入一个怪圈，永远走不出来。

用意念穿越山峰，想看看山背面的风景。

是小桥流水人家，还是枯藤老树昏鸦？

是阡陌纵横、良田美景，还是杂草丛生、渺无人烟？

意念突然中断，一块巨石横亘其间。也许，时间的背面才是最真实的。

我取下墙上的古画，拿在手中反复端详。

落款、印章、气韵，早已深入骨髓，成为我一生的至爱。

不禁恍然大悟，原来时间的背面，总会刻下不朽的创造。收藏、传承，惠泽后人。

站在岁月的门口，我拽住时间的尾巴。流逝的光阴，总有肉眼看不见的光芒！

曾经的风景

“江南好，风景旧曾谙。”

上有天堂，下有苏杭。江南的美景，岂是苏州的园林，杭州的西湖？

江南的天，终归晴少雨多，那连绵的雨幕，最喜欢亭台楼阁。

江南的地，四季鲜花芬芳，那笙歌雅韵，最适合曲水流觞。

哪怕是冬天，只要一看见火红的枫叶在萧瑟的风中摇曳，我的心就醉了！

曾经的风景，唯有人是最美的。

孩子在公园无忧无虑嬉戏，父母们笑靥如花。那一刻，勾起我对童年的回忆，感叹之余，更多的是欣慰。

年轻的情侣，手挽手走过闹市。那飘逸的长发，彼此深情的眼神，让世界充满爱，让时光变得格外温馨。

鹤发童颜的老者，在小区的林荫道上悠闲漫步。那矫健的步子，蹚过多少泥泞，踩碎了多少坎坷！

依然硬朗的身板，留下让人喟叹的背影。

“日出江花红胜火，春来江水绿如蓝。”

曾经的风景，有时熟悉，有时陌生。我赶忙支起人生的画框，不辜负这渐渐老去的时光！

后　来

一场暴雪，覆盖广袤的原野。

大地苍茫，剩下一片白色。我在雪地中爬行，顿感孤立无援。

后来，一株红梅，像火燃烧在我眼前。那夺目的光芒，让人充满希望！

我终于走出雪地，如同走出人生的低谷。

一场洪灾，冲垮堤坝、道路和桥梁。

洪水像猛兽张开巨口，吞噬眼前的一切。

房子在水中沉浮，禾苗在无声哭泣，多少生命，在灾害面前瑟瑟发抖。

后来，我发现这是一个梦。

有时，噩梦也会吞噬一切，除非你足够坚强！

居住在梦的边缘

大地无垠，天空无边。

居住在梦的边缘，分不清哪是起点，哪是终点。

梦，有多近？梦，又有多远？

梦，有多香？梦，又有多甜？

梦，多真切；梦，就多虚幻。

日有所思，夜有所梦。

梦是记忆的符号，梦是追求的呼唤。

梦是一串呢喃，梦是一张笑脸。

梦是平静的港湾，那里停泊小船，那里扬起风帆。

梦是一座后花园，花开花落，总会有人惦念。

人生有梦，满天繁星相伴，祛除烦忧，梦是一粒神奇的药丸。

居住在梦的边缘，我的鼾声自在悠闲，我的鼻息匀称婉转。

追梦赤子心，只有起点，没有终点！

回望处的守候

一只只归雁，在回雁峰深情凝望。

一路飞翔，翅膀上闪耀着银霜。疲惫与兴奋，掀起千万重波浪。每一次南迁，每一次北去，无语凝噎，却心花怒放。

那些守候，如同山石，刻下永恒的时光。

无数打工者，告别家人时泪流满面。

谋生，圆梦，聚少离多，慷慨悲壮。那些艰辛，在心中掩藏；那些欢笑，在眉眼间流淌。幼有所育，老有所养，生活充满希望，像火焰光芒万丈！

那些守候，化作日月星辰，映照着碧瓦红墙。

怀揣初心的人们，把使命扛在肩上。

南湖红船，劈波斩浪；井冈星火，势不可挡。

宝塔山，西柏坡，领袖巨擘描绘新中国。

“为有牺牲多壮志，敢教日月换新天。”朗朗乾坤，终于回到人民手中。

“俱往矣，数风流人物，还看今朝。”迈入新时代，怀揣中国梦，砥砺前行，士气高昂！

那些守候，是初心和使命，是回望处，生生不息的力量！

秋水无痕

踏石有痕。那人人踏过的石子，圆润、光洁，处子般安静，没有半句怨言。

不朽的痕迹，印证着岁月。脚底的老茧，早已打上深情的印记。

抓铁有痕。那斑驳的锈铁，怎受得了这份冷遇！它的心，分明渗出殷红的鲜血。

抓紧它吧，用手指轻轻擦去锈迹，镌刻一枚晶亮的印章，于天地间闪光。

秋水无痕。湛蓝与澄澈，相映成趣。候鸟飞过，倩影轻吻着浪波；落叶飘过，留下多情的诗歌。

芦花绽放，高扬着圣洁。一双眸子，点燃秋的灿烂。盈盈秋水，浇不灭人生的火焰。

有形之痕，无形之痕，刻画着秋的华美。

手捧一汪秋水，让深痕在指尖凝固。蓦然回首，那人却在，灯火阑珊处。

隔着岁月的倾诉

那些倾诉像花，已经零落成泥。

向谁倾诉？倾诉了什么？

也许，倾诉过烦恼，成长的烦恼，青春的烦恼。当胡须长得跟头发一样长的时候，我感觉自己已经成熟，烦恼被一扫而光。

也许，倾诉过忧虑，工作的忧虑，生活的忧虑。当我站在空旷的原野，发出尖厉吼声的时候，我发现那不过是杞人忧天，忧虑自然而然就销声匿迹。

也许，倾诉过喜悦，倾诉过爱情，倾诉过人生的山重水复、柳暗花明。那些得失成败，又何足挂齿！

但每一次倾诉，都被打上岁月的烙印。风干的记忆，像一具具木乃伊，多么精巧而不会腐朽。

过往云烟，总飘浮在岁月的时空。

一个人的自言自语，像雾像雨又像风。

岁月的伤痛

黑洞是宇宙的魔窟，每一次爆发，都让人战栗。

只是，我们用肉眼，看不到它血淋淋的伤痛。

日食、月食，每当它发生，大自然好像被生生撕裂。日月无光，那些鸟儿，睁大着眼睛，屏住了气息。云，扯起挽幛，雨，伤心哭泣。

地震、海啸、泥石流、山体滑坡。灾难每一次降临，都在大地的胸口，插上一把利刃。巨大的创伤，至今难以抚平。

花开的时候，无人不欣赏它的美艳，嗅闻它的芳香。

可花落的时候，又有谁不离不弃，一直默默守候在它身旁？

垂柳下的树荫，让诗人生发出多少吟唱。

可一盘残棋，冷飕飕摆在那里，那种落寞和无奈，有谁真正理会？

秋天的丰收，让人喜悦；劳动的成果，金子般闪耀。那丛东篱黄菊，正在凌霜绽放。

它们，可曾吸引过你的目光？

岁月在流逝，日历翻了一页又一页。

血脉相连的亲人，最尊敬的长者，一个一个离开人世。

眼泪，心口的疼痛，写给他们的挽章，像凄风苦雨，浸透着无尽的伤痛！

好在婴儿的啼哭，打破沉闷的世界。每一个新生命的诞生，让岁月连绵不绝。

晒日子

把走过来的日子，好好晒一晒。

如同把箱底的衣服晒一晒，晒掉潮气，干干爽爽；晒掉霉味，利利索索。哪怕是一件旧衣服，穿在身上，整洁如新。

美好的日子，春天的日子，让我们更加珍惜。

这样的日子，就像奔腾不息的血液，源源不断地提供着新的动能。

烦闷的日子，梅雨季节的日子，不必记挂在心上。经常打开心灵的窗户，让新鲜的空气吹进来，烦恼郁闷就会一扫而光。

收获的日子，秋天的日子，自然要懂得收藏。晒干水分，去掉炫耀，安放在坚实的仓廪。耕耘就有收获，付出总有回报，它会激励我们一往无前。

命运多舛的日子，冬天冰封的日子，更需要拿出来曝晒。

心田种一颗太阳，身边煨一团炭火，驱散寒风，融化坚冰，用微笑面对命运！

晒日子，晒的是心情。

有了好心情，不愁没有好日子！

那些过往

轻烟流云，就那样飘过山脊，掠过水面，悠悠而去。哦，那些过往，早已烟消云散！

“三十功名尘与土，八千里路云和月。”年轻时追名逐利，到头来一声叹息。

岁月染白了青丝，有一段人生的经历，足矣！唉，那些过往，何必再去追忆！

人这一辈子，有多少爱在心头，有多少恨无休，有多少情可依，又有多少仇待厘清。

咦嘻，那些过往，俱可放下了！

烟消云散，只保留一种散淡，轻轻地来，又悄悄地去，人生没有过不去的坎。

功名利禄，过眼烟云，有了好好珍惜，没有不去强求。

爱恨情仇，更不必记挂心头，爱过是缘，被爱是福，唯有仇恨宜消弭。

到那时，粲然一笑，溘然长逝，让那些过往，都留在这美丽诗行！

未敢触碰的那根弦

“锦瑟无端五十弦，一弦一柱思华年。”

回首往事，未敢触碰的那根弦，总让人怦然心动。

芳华易逝，岁月不老，多少相思泪，哪管人憔悴！

“春如旧，人空瘦。”

秋来碧空似流水，啁啾声中回雁归。

未敢触碰的那根弦，如梦似幻，昨日黄花不须看！

胡笳十八拍，拍拍断心肝，只怪流年不复返，青山不改旧容颜。

抚琴不弄，心中有歌，多少浮沉事，莫说无奈何！

十里尘香，五更弦月，未收弦管。可怜今夜，风清月朗，思绪万千。

更那堪柳吐新芽，忘不了的悱恻缠绵，在心田一波一波重现。

站在窗前，我仰望星空，未敢触碰的那根弦，清晰而邈远。

一半是苦，一半是甜，这感受让人浑身震颤！

屋檐下的光阴

杉木皮遮盖的屋檐，传承着乡村古老的遗风。

窄小的屋檐下，雨水拉开银丝的帘幕，弹奏着滴滴答答的乐章。

阳光在屋檐下闪耀，每一寸光阴都写满亮丽的诗。

春天，燕子衔着湿润的春泥，穿过屋檐，在房梁上筑起温馨的暖巢。

呢喃声中，乳燕破壳而出，翅膀日渐硬朗。

有一天，它们像离弦之箭飞向空中，追寻它们崭新的梦想。

就这样，光阴将窄小的屋檐和辽阔的蓝天，定格在一幅永恒的图景上。

小时候，在屋檐下朗读，在屋檐下写作业，屋檐下的光阴陪着我慢慢成长。

像长大的燕子，我终于飞出窄小的屋檐，离开偏僻的山村，开启我人生一个又一个新的征程。

回首往事，屋檐下的光阴，依然那样清晰，那样明亮，一个农村少年的奋斗，被嵌入金灿灿的诗行。

一寸光阴一寸金，寸金难买寸光阴。

屋檐下的光阴，就像一首古老的歌，一直在我心中传唱，激越而清亮！

时光的回音壁

日出日落，朝来暮去。

撕下每一张日历，都会听到簌簌响的声音，在回音壁上弹跳。

草木绿了，花儿开了，鸟儿的鸣叫更欢快了。

清澈见底的春水，潺潺流淌，温暖而柔和。

燕子叼泥筑巢，蚯蚓翻身拱土，虫豸儿倾巢而出。

春天的时光美好而短暂，春宵一刻值千金。

梅子熟了，槐花香了，瓜棚的藤蔓又长了。

荷塘月色，像轻纱笼罩着夏夜，漫长而深沉。

煮一壶青梅酒，瓜棚下话桑麻，几多惬意，在胸腔和嘴角流溢。

稻穗黄了，棉桃白了，湛蓝的天空更高了。

秋天挺着个大肚子，穿金戴银来到人世间，幸福的生活喜上眉梢。

人不负青山，青山定不负人，浓浓的秋意，比春光更灿烂。

起霜了，下雪了，银装素裹，江山更美了。

围炉夜话，道不尽的太平盛世；冰雪场上，夸不完的大国风范。

北京冬奥会，冬天最迷人！

黄　昏

夕阳无限好，只是近黄昏。

黄昏，难道只是感叹与忧伤？我的字典里，黄昏永远是一个美丽而神圣的字眼，就像过往的岁月，你不但不能拒绝，而且必须恭恭敬敬地迎接。

年轻时，黄昏是太阳西落，月亮东升；是鸡鸭入圈，厨房里飘出袅袅炊烟；是背着书包放学，洒落一路的歌声和欢笑。

中年时，黄昏是落日余晖，依然劳作在希望的田野上；是忙碌疲倦的灯光，依然照耀在埋头疾书的案头上；是上有老下有小，整天奔波在办公室和家里的两点一线上。

老年时，黄昏是广场舞，是一盘没有下完的棋，是老花镜下慢慢消磨的时光，更是霜染的枫叶和花白的头发。

人生近黄昏，搔首理头绪。任何一段光阴，都刻下岁月的痕迹。

就像一部厚重的书，只有慢慢品读，细细咀嚼，才会感受到它的回味无穷。

时光的沙漏

伸出手掌，我攥紧一堆灿烂的金黄。沙粒一颗一颗，从指缝间渗漏。别致的掌中沙漏，就这样，追忆着缓慢逝去的时光。

时光是绿色的。荒原上的小草，从枯黄中绽放新绿，柔嫩如我的童年。淡淡的奶香味，在开裆裤的爬行中，将无知无畏碾作一身泥巴。小草在长，我在长，那弱小的身影，从未逃出过母亲的眼睛。

时光是透明的。喜欢水天一色中多姿的倒影，于是，我长成伟岸的水杉。用长长的根须，去拥抱水中的青莲，亲吻那些小鱼和奔腾的浪花。“子在川上曰：逝者如斯夫，不舍昼夜。”默念这句古诗，总是怆然而泪下。水是无形的沙漏，唯有它，会让我少一些无奈和彷徨。

时光是金色的。沙粒有如金子，一寸光阴一寸金。

如今，我像一个老顽童，静坐于沙滩，手握一把黄沙，一颗一颗数着，一颗一颗捻着。心房洞开，一切豁然开朗，过往云烟，聚集成一生的真气，散发出耀眼的光芒。当思念已无，回忆已是奢望，就让遗忘的时光，永远尘封于心底。时光终究永恒，而沙漏的物语，不因颜色而更改，也不随风物而乖张。

轻叩光阴

隧道、流水、利箭，还有白驹过隙。

一个个特写镜头，像蒙太奇，一一推到我跟前。

时光的隧道，深不可测。

刚触摸到它的边缘，就被一股强力紧紧吸住。

我赶忙退避三舍，怕深陷其中而无力自拔。

“子在川上曰：逝者如斯夫。”流水，在岁月中悄然逝去。

我把自己变作一颗石子，随意丢进河里。

肉体被浪花推着，灵魂却沉入水底。

一簇箭矢，嗖嗖射来，射在光阴的草垛上。

突然想起草船借箭的故事，我摇摇头，无语。

因为，光阴是借不来的，就算是一支金箭，在看不见的草垛上，也留不下什么。

时光的影子，清晰而模糊。

面对晨曦，它是清晰的；面对夕阳，它又是模糊的。

白驹过隙，那一道白光，在一瞬间的闪耀中，对光阴，成为最好的诠释。

打开一扇门，走进每一个充满激情的日子。

叩响生命的乐章，无关低沉高亢。每一个音符，都是分秒必争的光阴。

多雨的季节

多雨的季节，江南撑着黄澄澄的油纸伞姗姗而来。雨巷深处，风儿轻拂，雨丝斜织，丽影绰绰，隽永的画面在流动，优美的诗篇在流淌。

多雨的季节，北方的干旱得以缓解。麦苗疯长，孩子们欢跑，原野上的小草，在湿漉漉的阳光下轻轻摇曳，摇曳出一串串美妙的歌谣。

多雨的季节，一丝霉变的气息，夹杂着各种思绪。雨幕连天，水柳系舟。拨开厚厚的云层，唤出一轮丽日，我祈祷物阜民丰，风调雨顺！

多雨的季节，多情的季节！打开封闭的心窗，走向广阔的旷野，一个人站在雨中，放声歌唱。

再回首，敬岁月一杯酒

从困苦中，从不舍中，从一串串悲欢离合中，我们绝不回头，一直坚定地往前走。

这一年，我们经历太多，太多。那些哭声，终止于坟墓；那些坚守，昂扬于小区；那些守望相助，在相识或不相识的凝视中，成为彼此依靠的臂膀；那些笑声，从我们的肺腑发出，在中华大地上豪迈铿锵。

这一年，我们创造很多，很多。率先由负转正，制度的优势有目共睹；面对中美贸易战，我们毫不胆怯，义无反顾；打赢脱贫攻坚战，我们摘掉了所有贫困县的帽子；揽天入地，我们用科技，书写伟大的中国传奇。

这一年，叫庚子年；这一年，叫决胜年。这一年，我们更加自信；这一年，我们战无不胜。

再回首，敬岁月一杯酒。岁月不负我，我不负岁月！人生不是梦，一樽还酹江月！

留白的岁月

岁月，不需要太满。留白，或许留下最美的时空。

疏朗的枝头绽开三两朵梅花，雪地上，红白相间，多么赏心悦目。

一幅字画，在浓淡相宜的笔墨外，留一片空白，留下空灵的美感。

秋天的夜空，疏星朗月，格外高阔深远。

没有浓云遮蔽，那片留白，唯有秋水秋山懂得。

人生同样不要太满，“满招损，谦受益”。

如同一篇文章，留下些许空白，给人想象的空间，诠释生命。

留白的岁月，深沉，舒缓。当回首往昔，尽可能弥补些许遗憾。

纵情挥毫处，那空灵的时空，一如憧憬的梦。

银丝，告白岁月

任青丝衔着岁月，逶迤地向我走来。

松枝上残留的雪痕，发出耀眼的白光，盘桓于曾经浓郁的头顶。

岁月，多么无情！银丝，为何要向你告白？

站在时光的隧道里，让过往云烟，一起向我袭来。

渺小的身影，矗立于天地之间，恍若一串流星，突然不见踪迹。

春风杨柳，夏花池塘，秋果林苑，冬雪梅园。

“青青子衿，悠悠我心。”一切记忆，又何曾中断！

雨丝，濡湿干涸的原野，让希望之春长满心田。

怀念那一道道亮光，给予人生多少指引。

匍匐在地，像春草一样蔓延。

昂然挺立，如同青松翠柏。

我抚摸满头银丝，让额头的皱纹，舒展岁月的沧桑。

纵然银丝飘飘，我不会屈服于岁月。

如果说告白，那是与大地相依相偎的絮语！

平淡如水的日子

水，用它独特的方式流动着，日复一日，年复一年。

人往高处走，水往低处流。飞瀑与江河，终会归于大海。

人流，车流，水一样流动着。没有人能阻挡，谁阻挡，都是螳臂当车。

我丈量两点一线的距离，丈量人生的每一个日子。然后，端坐在电脑前，轻轻点击鼠标，点击岁月留下的沧桑。

不去抱怨不公，不再与人争长论短。窗明几净，擦亮我的胸怀；案案牍劳形，写满我的畅快。

习惯听墙上的挂钟，“嘀嗒嘀嗒”；喜欢听心中的脉搏，均匀跳动。

不求高官厚禄，但求问心无愧。我更关注健康，追求身心愉快！

闲暇之余，徜徉于小区，听鸟鸣，嗅花香，将灵魂静静安放。

流连于碧波池塘，观莲叶，看游鱼，心静如水，没有丝毫迷茫。

平淡如水的日子，流光溢彩的日子。

在生活的高低之间，我选择朴素与平凡。

轻捻时光

风，捻着迷人的阳光，也捻着我好奇的目光。

时空特别安静，听不见半点声响。唯有那一片亮光，像一首唯美的音乐，不时在我耳畔播放。

雨打芭蕉，像敲打着我的心房。那宽大的手掌，承接着雨水，迎接着薄暮的天光。清晰的叶脉，我手背上凸起的血管，交织成一条河流，荡漾着分分秒秒的时光。

风和雨像一对恋人，就这样走入我的文章。

我喜欢在风雨中，轻捻着逝去的，或即将来临的时光。

“不要轻易打扰，让时光安静地睡着。”风，轻轻地说。

“不！让时光像我，时刻喧闹地跳跃着。”雨，执着地说。

它们各执一词，我不作评判。我只知道，风雨过后见彩虹。也许，那个时光，最让人难忘，那个时光，才会催生一个又一个梦想！

轻捻着时光，拾掇着时光，缝合着时光。

细小而刺眼的碎片，聚合成时光的项链，让风雨作证，挂在岁月起伏的胸前。

光阴含笑

童年的光阴，是孩子纯真的笑。无忧无虑，纯洁如玉；饿了便哭，饱了就笑。那份童真，延续着父母的希望，让光阴变得格外悠长。

长大后，光阴是藏在心底的悲，是溢于言表的笑。对人生与事业的追求，肩头背负的责任，愈发强烈，也愈发沉重。光阴如同负重的车辆，行驶在陡坡上，一刻也不能停歇。“会当凌绝顶，一览众山小。”会心一笑，光阴变得格外迷人。

人老了，光阴是爬满额头的皱纹，是一张缺牙的嘴。笑与不笑，已不再重要。含笑的光阴，早已不悲不喜，宠辱不惊。回首往事，只要不虚度光阴，人生便永远笑意盈盈。

“一寸光阴一寸金，寸金难买寸光阴。”光阴含笑，流淌成一首心中的歌，唱给你，唱给我，唱给每一个热爱生命的人。

与光同尘

阳光，月光，星光。所有的光，投向寰宇，射向凡尘。

没有阳光，不会有生命。

沉沉的黑夜，混沌的世界，死一般的静寂，多么了无生趣。

没有月光，太阳就没有陪衬。

没有阳光，月亮就是一个暗黑的星球。

没有星光，就没有童真。

望着孩子们清澈的眼睛，辽阔的夜空，才会星光灿烂。

即使挂在天上，谁也不会仰望。

阳光，月光，星光。与光同尘，熠熠其辉，悠悠我心。

岁岁重阳

天高云淡，秋色正浓。

千万里大雁南飞，八百亩芦花荡漾。

菊花盛开，镶金嵌银；红枫似火，杏林灿然。

古代的诗人在登楼赋诗，他们把酒临风，将重阳汇入诗的海洋。

伟人毛泽东吟诵着“战地黄花分外香”，把新中国的五星红旗，插上天安门城楼。

童颜鹤发的老者，在公园漫步，对弈，歌舞。老人的节日，焕发出青春风采。

祖国母亲，迈着矫健的步伐，正走向中华民族伟大复兴的美好未来！

岁岁重阳，今又重阳。

这不可复制的文化符号，渐渐融入我的血液。

站在绝美的精神高地，我拥抱夕阳，引吭高歌！

在岁月的缝隙间穿行

岁月是藏在深山的宝库，没有人知道它有多少，也没有人知道它有多久。

风，穿过林间的缝隙，没有留下任何的痕迹。

在岁月的缝隙间穿行，就像无色无味又无形的风，穿过一个又一个日子，最后幻化为后人的宝藏，让岁月在我们手中一次又一次地延长。

在岁月中穿行，没有平坦的大道可走，那就变成一只鸟，一只能够跨越时空的凤凰。

人生不可重来，但凤凰可以涅槃，让这天地间的精灵之气，穿越所有的缝隙，冲破所有的阻碍，最终实现所有的愿望。

岁月静好，我心亦然。

一条缝隙，足可以穿越天地，可以改变人生轨迹，可以创造人间无数的奇迹。

日日夜夜，在岁月的缝隙间穿行，只要有恒心和毅力，就算不辨南北东西，也绝不会半途而废，自暴自弃！

清　明

风景如画，在山坡，在水边。
花红柳绿，莺声燕语，醉了这四月天。
梯田泛金波，秧苗笑呵呵。
阵阵牧笛，婉转动听；朝晖夕阴，袅袅婷婷。
忆往昔之踏青，手机翻阅画中人。
思今日之清明，风和日丽处处春。

思念无声，在眉头，在心间。
遥望故乡，山高水长，惦记亲人，泪流满面。
先祖坟冢，无以培土焚香，三牲致祭，惟有心中念想。
老父作古，英灵千秋永存；老母健在，因公无以探问。
清明将至，念兹在兹。
家国情怀萦系，千言万语，述之以文字。

岁月的回声

捂住双耳，却捂不住铿锵有力的回声。

山门悄然打开，熟悉又陌生的风声骤然穿过。一声惊雷炸响，开春的阵势从头顶滚过。双掌相击，青筋凸起，一股气息缓缓于指间流过。潮涨潮落，席卷而去的影子，终究难以轻易捕捉。

本是万籁俱寂，却又轰然响起。那回声震耳欲聋，又似树叶簌簌而落。

岁月犹如车辙，模糊却又清晰。载重的车辆，拉车的骡马，都在世俗的追逐中，绝尘而去。

我与岁月浅吟低唱，于落寞处听那回声，不觉潸然泪下！

燃烧的雪

圣洁的雪，似火一般燃烧。

乌云被烧成纯白的灰烬，如绽放的礼花，纷纷扬扬落下。

北风吹旺了炉火，寒意凝结着雪花。

雪，越下越大。点燃一朵朵梅花，点亮孩子们胸前的红领巾，点染这旷野里冬的肃穆。

火苗从雪花中迸溅出来，烧红天边的云朵，欲与枫叶媲美。

枫叶红彤彤的脸庞，因雪花的深情拥吻，在枝头上颤栗不止。

燃烧的雪并不乖张，缓缓释放着温暖。

小雪悄然而至，心灵猛然被触动。

远处，有雪花飞舞。毕毕剥剥的声音传来，如天籁奏响，燃烧的火焰腾空而起，似与天齐。

我伸出手掌，盈盈一握。雪，从指间轻轻滑落；心，盛开梅花朵朵。

细碎的时光

听到声音了吗？时光来了，又悄无声息地走了。可我们，我们的感觉呢？

看到脚印了吗？时光近了，又很快远去了。可我们，我们跟上了吗？

一寸光阴一寸金，寸金难买寸光阴。

细碎的银子，没有人不喜爱。因为，它看得见摸得着。

那么，细碎的时光呢？

小时候，年幼无知，小小手掌抓不住细碎的时光。然而，像玩沙漏一样，不知不觉中就长大了。

长大了，却无暇顾及那些细碎的时光。为生活，为前程，为柴米油盐酱醋茶，来不及安排时光，装扮时光，更谈不上享受时光。

如今，在花甲之年，把握这细碎的时光，我将它铸成闪光的项链，高高挂在胸前。

琐碎的生活，平凡而简单；细碎的时光，充实而悠远！

冬来你未归

枫叶涨红着脸，站在北风里望眼欲穿。

黄菊渐渐凋零，最后一缕清香随风而逝。

南国依旧温煦，到处生机勃勃。回归的大雁交颈欢鸣，在歌声中筑起爱的暖巢。

遥远的地方雪花飘飘，眼前一片迷茫。

孩子们在尽情玩耍，白色的汽雾在他们身后流动，红色的丝带在他们胸前飘动。

啊，好一幅美丽的冬之图画！

然而，冬来你未归！此刻，你又在哪里？

或许，你守卫在边关，双手紧握着钢枪，像雕塑般屹立不倒。

或许，你冲锋在抗疫一线，脚步匆匆的身影，成为那难忘的一瞥。

或许，你敛容正色，藏起忧虑，在冬寒中踽踽独行。

或许，冬天的到来，本就是季节的轮回。

眼前雨雪未归，我心疼着田野里瘦弱不堪的庄稼。

丰　碑

一座座丰碑，从远古一直延伸过来。古老的东方大国，在世界民族之林中巍然屹立。

甲骨文，秦朝兵马俑，昔日掩埋在地下，如今熠熠生辉。唐诗宋词，历代书法和经典散文，铸造了不朽的文化丰碑。

强汉，盛唐，树起广袤疆域的界碑，从黄河长江不断向外延伸。大宋的繁华，大明朝的商船，无不托起经济的丰碑，让世界刮目相看。

如今，走在康庄大道上，我们不应忘记，那些伟人的丰碑，是他们缔造了新中国；不应忘记，那些无名英雄的丰碑，是他们的牺牲换来今天的幸福生活；不应忘记，那些为梦想而奋斗的普通劳动者，是他们立起新时代的丰碑。

读丰碑，颂丰碑，我心潮澎湃。一座座丰碑，跨越时空，不断向前延伸，延伸。

蓦然回首

久远的青春，惟有记忆停留在指尖。

青葱岁月，尘封不住往事。弹一曲《青春之歌》，不觉潸然泪下，恍如昨日。

春花开了又谢了，秋月升起又落下。

不傍花眠，不望月兴叹，我用一串铿锵的音符，谱写青春的诗笺。

壮年飞驰而去，恍若白驹过隙。

我看见奋斗的身影，像展翅飞翔的雄鹰，无惧风雨，砥砺前行。

日夜驱驰的骏马，踏遍坎坷，不怕跌倒。

生命的火炬，尽情地燃烧自己，不惜化为灰烬。

有付出就会有回报，有耕耘就会有收获。

一摞摞奖状，见证我的拼搏；一项项荣誉，记录我的执着。

一次又一次的奋起，让初心和使命，始终气势磅礴！

蓦然回首，霜月照华发，雁叫启新程。

文字不老，青春犹在，新词旧赋，流光溢彩！

谁把春天喊醒

沉睡了一个冬天，寂寞了一个冬天。

飞舞的雪花，化成梦中振翅的蝴蝶；怒放的红梅，从心底迸发耀眼的火花。

“春天来了，春天来了！”

悦耳的喊声响彻云霄，春天揉了揉眼睛，从睡梦中猛然醒来。

打开天窗，暖风吹散积云，雪花销声匿迹，厚厚的冰凌尽情消融。

泉水叮咚，奏响动人的春之歌；鸟儿欢鸣，打破旷日持久的寂静。

春回大地，生机勃勃。花儿竞相开放，红梅独领风骚。草叶萌发，虫豸应声而动。垂柳依依，开始涂抹新绿。

人勤春来早。奔波的人流，攒动的花海，醉人的笑靥，一一绣上春天的画幅。

是谁把春天喊醒？是季节的轮回，心灵的呼唤，是追梦者的脚步，迈向新的征程！

暮雪拂尘

怀念日暮时的一场雪。

雪不大，是雨夹雪。雪粒子打在树叶上，发出清脆的声响，然后像玻璃球一样在地上弹跳着，姿势优雅而倜傥。

慢慢地，变成鹅毛大雪，满世界纷纷扬扬。枝头上白了，草叶上白了，屋顶上白了，旷野中行走的人，头发和眉毛上也白了。

到处白晃晃的，白晃晃的天空，白晃晃的水面，白晃晃的荒郊野外。一束束强光，碾压着无边的黑暗，黑与白的较量，在薄暮中异彩纷呈，各不相让。

一场暮雪，来得正是时候！

空气被瞬间荡涤，呼吸轻松而畅快，微尘渐渐拂去，一切变得明朗而清新。

站在门口，回望来时的路，我的心扉猛然打开。

抖落身上的残雪，拢一团人间烟火，把干干净净的灵魂，嵌入飘逸的诗行。

春之声

这是春之声吗？我踮起脚尖，侧耳倾听。

北国，世界晶莹如玉，到处一片纯白。

我听见春之声，在雪原深处不绝于耳。

屋内，一团炉火，一壶烧酒，一首《北国之春》，让人酣畅淋漓。

屋外，一朵雪花从枝头飘落，一株红梅在雪地绽放，一声鸟鸣如天籁骤然迸发。

南方，绿意盎然，温暖如春。我听见春之声，多么激越而高昂。

南海的潮声，穿越三沙，穿越粤港澳大湾区，继续唱响《春天的故事》。

五岭的足音，豪迈铿锵，改革开放的号角，再一次催人奋进。

三湘四水，春潮涌动，擂响“三高四新”的战鼓。

一个中部崛起的高地，万象更新，声声悦耳。

春之声，如诗如画，又如痴如醉！

秋天的声音

秋天的声音，是怎样一种声音？

是坚果炸裂的声音？是镰刀挥动的声音？是归雁鸣叫的声音？是落叶触地的声音？

是，又不全是。

白天，这些声音被各种喧嚣淹没，没有谁关注，更没有谁倾听。

大自然处于“流放”的状态，如同原始的细胞，自然而然地分裂着、生长着，直至慢慢消失。

入夜渐微凉，繁花落地成霜。月光照秋叶，无声胜有声。

高巢上寂寥的鸟语，已归还梦乡。

桂子抖落的香味，漫过月夜的脸颊，送来悠远的琴瑟之声。

打开秋窗，我凝视远望。

有一种声音在翻腾，在跳跃，像醴泉喷发，如芦笛响起。

我恍然大悟，原来秋天的声音，是内心里的安定。

入神、入梦、入禅、入迷，你都会发现一种声音——秋天的声音。

落日故人情

“大漠孤烟直，长河落日圆。”

“劝君更尽一杯酒，西出阳关无故人。”

站在黄沙弥漫的沙坡头，遥望落日余晖，怀念故人的离去。

一缕孤烟，在心中陡然升起，不知飘向何方，更不知飘向谁的怀里。

一杯浊酒，尚有余温，而西出阳关的故人，却杳无音讯。

落日，融汇所有的凄凉。鹤唳的风声，多了许多温柔。

天空一片蔚蓝，云丝若有若无。

飞鸟的翅膀，把我的眼睛擦亮，湿润的目光紧盯着长长的远方。

远方，有故人；远方，播撒醉人的芬芳。

我像一只迁徙的候鸟，在落日中静静等候。

浓浓的故人情，让黄沙掩埋的红柳，高唱生命的赞歌！

怀念故人，怀念戈壁中的瀚海沙漠，怀念胡杨林三千年不死。

风声之外

春之声，纤细、明艳且妩媚。雪落无声，春心萌动。一朵花蕊悄然绽放，轻触大地雪白的面庞，那一抹嫩黄，令人怦然心动。

寒气尚未散尽，氤氲团团簇簇。刚换上新装的杨柳，婀娜多姿，那一抹翠绿，迷乱人的眼眸。春江水暖，波纹荡漾，犹如画卷摇曳。

待到山花烂漫，桃李争艳，燕子呢喃，打开宝帘，轻拢银钩，满目春光，令人不忍触碰。

春归人未老。风声之外，寻回一颗失落的心。

独钓一江雪

天寒地冻，江水凝滞。站在潇水之滨，柳宗元用如椽之笔写下千古绝唱《江雪》，一种纯粹的孤独感弥漫全身。是遗世独立，峻洁孤高？还是清高脱俗，兀傲不群？

雪无语，江无声，人无言。

南方的隆冬季节，还未见雪花曼舞。好在潇湘一场夜雨，早已洗净了尘埃。潇水河畔的垂柳，仿佛从沉睡中醒来。极目楚天舒，无雪又何如？

我用绵绵不绝的思绪做丝线，用怦怦跳动的心脏做钓钩，用傲然不屈的身体做钓竿，在人生澄碧的江流中悠然垂钓。钓钩击打出片片水花，像片片雪花在江心次第散开。

水至清则无鱼，人至清则无累。功名利禄随水逝，水花更比雪花柔。

其实，河东先生千万的孤独，终究还是放不下许多桎梏。因为，没有桎梏，也就无所谓孤独；而没有孤独，更无所谓桎梏。

独钓一江雪。回首往事，泰然处之；展望未来，并无落寞。

有道是：雁声飞过潇湘去，江雪悠悠无尽时。

走向季节深处

时令像安装了定时器，演绎着规定动作，滴滴答答地走向成熟的季节，走进一个沉默的世界。

让人迷恋的花朵藏进了果实的腹中，用金黄的单色庄严宣告成熟。不管你喜不喜欢，它都优雅地展现在蓝天白云之下。葱郁的树木收起墨绿色的华盖，傲然挺立于旷野之中，像北方的汉子多了几分粗犷，像南方的女子多了几分清纯。不管你喜不喜欢，它怡然自得地在秋风中展示自我。

蜻蜓，蝴蝶，鸣蝉，呱呱叫的青蛙，都不见了踪影。不管是不是死亡，它们仿佛找到了新的栖身之所。是的，旧的谢幕了，新的休整后再登场。

湛蓝的天空高高在上，悠悠的白云了无牵挂。一行大雁风度翩翩，正昼夜不停地振翅飞翔。南迁，南迁！它们像换季的时针，剑指南方。那是一群矢志不渝的精灵！

偶尔也会下一场透雨，洗去浮尘，从今开始万象更新。纷纷扬扬的落叶，像倒在沙场的勇士，泥土是它们最后的归宿。唯有凤凰的涅槃，才会有来年的重生。

成熟的季节像诗，铿锵激越，豪情满怀，不像花儿写在脸上，不像青草柔弱无骨，也不像情话绵绵不休。

沉默的季节是金，无论悬挂在靓丽的脖颈，还是深埋于地下，那份灿然的色彩谁也无法剥夺，那种舍我其谁的悲壮，总回响在天地之间。

我拥抱你的成熟，更喜欢你的沉默，即使我自己并没有什么收获。

在深秋寻找归宿

闲庭散步，突然一片落叶飘至胸前，像别针一样斜插在上衣口袋里，别有一番情趣。夜岚逐渐浓重，婆娑的树影在秋风中摇曳，金黄色的叶子纷纷飘落。

碎石路面上积满厚厚的一层，仿佛铺上松软的地毯，踩上去窸窣地响，如悦耳的音乐。把树叶从口袋掏出来，放在掌心细细摩挲。

这片落叶就像刚出土的金块，又像斑斑驳驳的古铜，让人十分怜爱。它清晰的脉络如我手背上的血管，淡绿中带着几丝褐色，经过风雨的磨洗，光亮而润滑。落叶一直沉默不语，闻不到它一星半点的叹息。此刻，我好像怀抱着沉睡的婴儿，默默呵护它的安静；更像陪伴着沉思的老人，静静守候它的安闲。

一片叶子在春天生长，在夏日盛放，在深秋寻找归宿。绽放绿萼，是呼唤生命的童年；伸出小手，是懵懂青涩的少年；展示翠绿的身段，是蓬勃向上的青壮年；而收获的季节，它用金色包裹自己，安安静静、了无牵挂地飘落，融入黑色的泥土，如同老人走完一生。

西风急，落叶纷飞。人生何尝不是一片树叶，来时默默，去时坦然。

第三辑
情感世界

春风十里不如你

雪，消融了。雪痕，掩埋在记忆深处。草，吹绿了。草叶柔美，在大地垂下一道道弯眉。花，催开了。花儿艳丽，到处涂抹缤纷的色彩。天空明净了，太阳暖和了，河水清亮了，鸟儿的歌声婉转动听了。灰暗的日子，寒冷的日子，冰封的日子，死气沉沉的日子，都一一过去了。

春水初生，春林初盛，春风十里不如你。心热了，眼亮了，蜡黄的面孔红润了。草叶上，每一滴露晶莹剔透。你扑闪着眼睛，分明是猜不透的心思。二月的花朵，多么娇嫩可人。你令人晕眩的气息，在我的指缝间漫溢。万千柳条，在水塘边摇曳多姿。你飘在胸前的发丝，让青春在蓝天下起伏。朝露滋滋，桃花灼灼，垂柳依依。

在春风里回望，曾经错失的岁月；在春风里享受，那些温馨的日子；在春风里追梦，哪有什么老态龙钟。春风十里不如你，春风十里总有你！

泪目的冬至

冬至，包一顿饺子，过个小年。

你的灵巧，都在手上；你的聪慧，藏于胸膛。

你什么都不说，默默把饺子端到我面前。

再温一壶老酒，我们轻轻碰杯，无声胜有声。

四目相对，我寻找着你的泪花。

只有饺子绽开笑靥，汤汁变成开心的眼泪。

而你，那么安静，安静得如同处子。

冬至，昼短夜长，情长话短。

漫漫长夜，何以消遣？你不善言辞，报之一笑。

初婚的羞赧，如今爬上你多皱的脸颊，像一朵红霞，印满由青涩到成熟的年华。

你打开窗户，像当年一样欢喜。

你笑的时候，还是一弯月牙儿，眼睛眯成一条缝。

没有风情万种，却让人无比推崇。

你兴奋，娇羞，如同一位新娘。我寻找着你的泪花，依然，只在你的心中流淌。

心有山水

敞开胸怀，拥抱一湾秀水，山之壮美，如痴如醉！

伸出手臂，环绕群山万壑，水之柔美，不胜回眸！

江山如画，胜景如云。打开《富春山居图》，打开这浓缩的画卷，我想做一枚书签，安安静静，依傍着不朽的山水。

寄情于山水，也忘情于山水。

当活的山水，活的灵魂，交汇于同一条轴线上，我猛然发现，山水竟成了永恒的静止，就像那幅画，不经意间载入历史。

心有山水，永不落寞；心有山水，就会有诗和远方。

碧血的诗

人生自古谁无死？留取丹心照汗青。

零丁洋的血腥，让星月晦暗无光。抗元的刀枪剑戟，文天祥昂扬的头颅，在血雨腥风中，一起轰然倒下。

那一摊血，为南宋献上挽歌。残壁断垣，夕阳下兀自瑟瑟发抖。

丹心浑未化，碧血已先成。

一介书生谢翱，继承文天祥遗志，在苍莽的大山中逶迤穿行。终不敌胡虏，以布衣隐退林泉。登西台而恸哭，作楚歌以招魂。亡国之恨，思家之情，如泣如诉，感天动地。

丹心犹在，碧血化诗。中国人的血性和气节，自古掷地有声，铿锵激越！

浅笑低吟

谁在浅笑？谁在低吟？

风在浅笑，水在低吟。

风，掀开花的盖头。多少娇滴滴、脆生生、粉嫩嫩的花朵，绽开美丽的容颜，装点着春的景色。红叶黄叶，或圆或扁，从枝头潇洒飘落，让秋的五彩缤纷中多了一些庄严与肃穆。

水，打开波的闸门。

水之轻盈，润物无声；水之澄澈，游鱼欢腾。

纵有微澜死水，丢一颗石子，也会石破天惊。

让一圈圈波纹，抹去脸上沉闷的皱纹。

谁在浅笑？谁在低吟？

我在浅笑，诗在低吟。

春花秋月，尽情宣泄。

花开花落，屏息聆听，就像人生有起有落，用不着惊魂失魄。

月圆月缺，深情凝望，纵使命运跌宕无常，也不要抑郁悲伤。

山欢水笑，我吟哦的诗篇，立于峰峦之巅。

你浅笑，我低吟。流水无声，风动无言。

陪你醉一回

陪你醉一回，你说得多么轻巧。
我爽快答应，受宠若惊。
你是静止的山，你是流动的水。
我取木叶作杯，汲清水酿酒。
躺在你的怀抱，与你欢饮，醉而无忧，醉而去忧。
你是一弯新月，你是一轮满月。
我只需月华一滴，拌以皎洁夜露。
无论是菩提树下，还是桂花树下，与你对饮，若有所思，终无所思。
你是天宫素娥，你是古画里一帧美女。
顾盼的眼神，自是心灵交会。人世间的艳色，哪有你清纯如许。
与你同饮，心旷神怡，宠辱皆忘。
陪你醉一回，醉里挑灯看剑，不觉清泪一串。

有你的冬天很温暖

冬天很冷，冷得瑟瑟发抖。
北风，挥舞着刀子，一路狂奔。
天空阴沉，紧锁着眉头。
衰败的野草，在风中战栗。
枯黄的落叶，凌乱飘飞。
虫豸躲进地穴，鸟儿停止歌唱。
幸好有你，在这个冬天，带给我温暖。
我收缴北风的刀子，把阴沉的雾霾驱散。
我释放久违的阳光，让眼前一片明亮。
我燃烧着一膛炉火，热血沸腾，荡气回肠！
一枝红梅，在远处悄然绽放。
一串足音，如同天籁奏响。
蓦然回首，灯火阑珊处，正是昨日的辉煌。
我看见，你美丽的瞳孔，射出希望之光。
我欣赏，你灿烂的面容，总是神采飞扬。
我喜欢，你青春的身影，勾起我不尽的回想。
有你的冬天很温暖，有你的冬天，一切不是虚妄！

你的季节我来过

你说，春天来吧。

春天，有好花，有好景。桃红李白，是你的容颜，我的肌肤。

春和景明，景在外头，春在心头。

你说，夏天来吧。

夏天，热烈而奔放。翠柳已梳妆，槐花正开放。

一池云锦，碧荷连天。更有蜻蜓，舞姿翩翩。

听蝉鸣，闻夜莺，舒心惬意，妙不可言。

你说，秋天来吧。

秋天，丰收在望。大地一片金黄，谷物纷纷入仓。

瓜果垂枝，米酒飘香。

采黄菊于东篱，赏中秋于月下，仰星空于九霄，话家常于桑麻。

纵然七夕，隔河相望，一种秋思，两番情长。

你说，冬天来吧。

冬天，不只是冷冽。屋内，燃一盆炉火，煮沸心中情怀。

户外，红梅怒放，白雪皑皑。天地融为一体，心身永不分离。

那握手盈盈，那一顾一盼，在觥筹交错中，自是风情万种。

其实，你的季节我来过，一年四季都来过。来时无言，去时无语，无声胜有声。

喊一声，我的娘

十月怀胎，娘受苦了！

来到人世，我哇哇大哭。

娘的微笑，噙满泪花。娘的疲惫，掩饰不住幸福的光华。

娘的胸怀是安全结实的襁褓，娘的臂弯托起我的成长。

娘的乳汁甘甜清亮，娘的儿歌点亮我生命之光。

娘一口一口，喂给我嚼碎的玉米糊糊䅟子粑。

娘扶着我蹒跚学步，夕阳拉长她美丽的影子。

娘给我挎上书包，牵着我的小手走向校门口。

娘上山摘茶叶，捋树皮，采野蕨，换回一堆铅笔和作业本。

娘得知我考上城里的学校，哭了又笑了。

娘把我一直送到村口，叮嘱道：吃饭离不开老屋场。

我知道，儿行千里母担忧！

娘没文化，只读过几天夜校，但她信中的字很清秀。

娘老了，不愿住城里。乡下那爿老宅，那座她亲手修建的新屋，仿佛是她的命根子。

娘每天喂鸡养鸭，耕耘着一小块菜土。

她的日子是鸡鸭的咯吱和嘎嘎声，是葱蒜、白菜和瓜豆随四季变化的颜色。

晨昏敬茶焚香，祭祀着祖先。观世音菩萨，是她顶礼膜拜的神灵。

娘生病了，好不容易住了院。

儿女殷勤伺候，她好像视而不见。一旦病情好转，便嚷嚷着要出院。

“菩萨保佑。”娘执意要回乡下，还她的心愿。

娘性子刚烈，从不听劝告。

一份孝心常常备受熬煎，不由得让人泪水涟涟。

喊一声，我的娘！我怎么忘得了从前！

再喊一声，我的娘！娘啊娘，请听儿子一句劝！

宽容一滴泪水

桃李不言，梨花带雨。蓬勃之春，漫透心灵。

那嫣红，那白皙，岂止一张俏脸，岂止一寸肤色？

温柔雨水，欣喜泪花，齐刷刷顺着脸颊，欢快流淌。花如人，人似花，醉眼朦胧喜相逢。

荷塘月色，素手捧珠玉。清露濡湿藕心，幸有诗家吟哦。

那矜持，那清雅，岂是凡人能懂，又岂是世俗能容？

唯有梵音天籁，在此间谐和弹奏。月华清影，在露水中凝聚，任由它慢慢散发。千重墨绿被装进画框，心中留一抹淡淡清香。

不畏秋霜，亦不畏冬雪。只要有阳光，霜雪便会消融为水。

那是一滴泪水，无论喜悦与心酸，我不求上苍宽容，惟愿内心安然。

恰似花之泪水，季节自会宽容。

宽容一滴泪水，我紧握岁月的风刀，将人生杂念悉数镂空。

有你真好

把心思长成高山，与你悠悠对话。

把梦想化作彩虹，用玲珑七彩连接你的锦心。

站在云端，触摸蓝色星空。渺远的银河，依稀可见，你的身影在漂泊。

我一辈子的漂泊，总是被孤单的灵魂压着，叩之无门，归依无所。

孑立在陡峭的崖壁，那是耀眼的雪莲。宛如水中央，那是圣洁的莲荷。

双脚磨出厚厚的老茧，我已极度疲倦。无桨之舟在荷塘中打转，聒噪的蛙声让人生厌。

远远望去，我在意那团忽隐忽现的亮光，怀念那缕若有若无的芳香。

毫无亵玩之心，浑身充满着自由和向往！

花间一壶酒，独酌无相亲。

不邀明月独邀君，轻弹锦瑟胜似春。

有你真好！情长话短，无言情最真！

永远的乡愁

青山未改其色，绿水长流不歇。

浓郁的乡愁，此刻泛起于心海，溯流而上，在故乡的山水间徘徊。

少年时挖出的小池塘，可有锦鲤在畅快游荡？池边的小菜园，可有藤蔓竞相争缠？苦瓜丝瓜的花蕊，是否还在肆意吐露着芬芳？

那只小黄狗，曾与我朝夕相伴，是否还蹲守在门口，朝我摇头摆尾，轻轻叼着小书包，始终环绕于我的周围？那些野兔，是否迫于它的威慑，在草丛中四处奔突？

爷爷的坟墓，是否杂草丛生，要不要添上一抔新土？他的棍棒，是否还像当年那样威严？皮肉之苦早已消散，“棍棒底下出人才”，却一直萦绕在心怀。

那棵让我坠落的李子树呢？那片被我打得七零八落的油菜地呢？那口被我灌了清水，吃得一点饭粒不剩的小鼎锅呢？那块旋转着陀螺，棕鞭噼啪直响的晒谷坪呢？

近乡情更怯，不敢问来人。永远的乡愁，爬上我的双鬓。拔一根雪白的头发，放飞于风中，像一只轻扬的风筝，缓缓飞向故乡。

我的梦，徜徉在青山绿水中。

一声叹息

一地鸡毛，一声叹息。

人世间的一切，好的，不好的，美的，不美的，都直截了当地摆在那儿。

一声叹息，解决不了任何问题。

我赞美春的和煦，看春燕归来，听燕语呢喃，赏百花争艳，爱流水潺潺。可春天毕竟会很快过去。

我赞美夏的热烈，梅子黄时雨，早晚闻蛙鼓，小荷才露尖尖角，早有蜻蜓立上头。可夏天依然会离你而去。

我赞美秋的丰稔，稻黄麦熟，果实累累。天空辽阔，任云卷云舒，秋高气爽，空里流霜，自是卓尔不凡的气象。可秋天永远不会为你停留。

我赞美冬的深沉，树木卸下绿装，虫豸躲进洞穴，一切都沉默寡言。一场大雪覆盖了原野，梅花迎雪而开，红装素裹，分外妖娆。冬天来了，春天还会远吗？

走过人生的春夏秋冬，只要顺应自然，那便是最佳归处。

一地鸡毛，掸帚清扫。一声叹息，最好远离！

独对一张照片

一张发黄的照片，让人两眼婆娑，泪流满面。

斯人长逝，早已听不见我的声音，我的呼唤。

爷爷留下来的唯一照片，成为我永恒的追忆，永远的思念。

瓜棚下，微风习习，月色融融。他给我讲故事，讲农事，讲做人做事的道理。

大山里，山高坡陡，溪水潺潺。我跟他学砍柴，学割草，学犁田插秧的技巧。

一盏古老的油灯，陪伴着我的童年。爷爷浑浊的目光，像一团灯焰在我眼前摇晃。

油灯渐渐成为历史，沉淀为一种记忆，但爷爷的话却记忆犹新。

只要心中有盏灯，这盏灯永远不灭，就不怕漆黑的夜！

修改为“始终忘不了爷爷从乡下来看我时的场景：佝偻的身子，蹒跚的脚步，和善微笑的面容。一张饭桌，四条凳子，压在他瘦骨嶙峋的肩头。

我喉头哽咽，浓浓的亲情，像一股甘甜的清泉，注入我的心田。

独对一张照片，将心中的思念，化作铿锵前行的力量。

听一只鸟的歌唱

春天，我喜欢听燕子呢喃而低唱。

阳光里穿行，春雨中飞跃，划破长空，划亮蓝天，燕子，给春天留下美丽的剪影。

衔来春泥，筑起暖巢，燕子，营造着温馨舒适的家。

燕子的歌是世界上最好听的，那是母亲的呢喃，母爱的宣泄，母与子最深情的交融。

夏天，我喜欢听夜莺缱绻而欢唱。

夕阳裹着火球不愿离去，蟋蟀的聒噪不绝于耳。入夜，暑气渐渐消退，风乍起，吹来丝丝凉意。

这时，夜莺开始歌唱，星空下仿佛卷起千堆雪，一支长箫在呜咽婉转，又像那琵琶如泣如诉。

我听到诗人济慈的呼号：永生的鸟啊，你不会死去！是的，夜莺不会死去，缱绻的歌就永远不会停止！

秋天，我喜欢听大雁豪迈而高唱。

万里衡阳雁，归心我自知。回雁峰前听雁叫，人生搏击能几回？

北雁南飞，从容不迫，振翅高飞，不知疲倦。

那奋飞，那翱翔，那斗志，那丽容，何等壮美，又何等豪迈！

听大雁歌唱，砥砺前行，虽九死而不悔！

冬天，我喜欢听凤凰涅槃而绝唱。

天寒地冻，万物萧条；白雪皑皑，何以娇娇？唯有凤凰，不惧烈火，在涅槃中重生。

鸟的精灵，歌的绝唱，人世中光辉的榜样！

听一曲《凤求凰》，无关爱情，那是重生后的无比欢畅，是一首生命的颂歌，在心中汩汩流淌。

春夏秋冬，听一只鸟的歌唱，燃烧起生命的希望！

哭泣的时候

人，哭着来到这个世界，却听不见别人哭就去了另一个世界。

第一声啼哭，带来惊喜、欢乐和希望。离开母体，离开黑暗，离开几百个压抑的日子，对新生命来说，是一种渴望，一种宣泄，一种礼赞。

哭泣——一个特别的仪式，变得格外庄严和响亮。

这一声哭，从胸中喷薄而出，像琴瑟发出脆响。

哭泣的时候，无拘无束，如怒放的娇嫩花朵。

这时，兰室充满着馨香，人们摩挲着手掌，欢声笑语不绝于耳，绕梁三日。

哭泣的时候，也许感应到了未来的艰辛。

所以，婴儿的哭声，从来毫不畏惧，那是走向生长的宣告。虽然脆弱，却又那样坚韧。

哭泣的时候，往往潜藏着看不见的笑容。于是，生命的历程便多了许多咏叹。

君不见，男儿有泪不轻弹，只是未到伤心处。

君不见，女儿洒泪江湖远，刚柔相济最淑贤。

君不见，笑声总比哭声好，告别昨日又登高！

当自己无法哭泣的时候，就让灵魂听着别人哭泣。

对这个世界的留恋，挂一行清泪在眼角。人生若有轮回，哭着而来，笑着而走！

我的心跳

青春远去，不会为心仪的对象而心跳。

望着渐行渐远的背影，惊诧于那惊鸿一瞥。

在婚姻的围墙里，思想和行为在互相搏击，心跳仿佛被系上铅块，发出多么沉重的喘息。

一旦理智占了上风，狂跳的心终将归于平静。

噩梦惊醒，不会为梦中的情景而心跳。青面獠牙的魔鬼，最喜欢撕咬脆弱的灵魂。

梦想不是虚无缥缈，不是无根基的浮萍，它像长长的线牵着的风筝，飞多高飞多远，不取决于心跳，而是看你有没有把握事物的技巧。

五十而知天命，不会为进退得失而心跳。

居庙堂之高，则忧其君；处江湖之远，则忧其民。

功名利禄，视为无物；宠辱不惊，尽显君子风度。

唯有初心不变，方能行稳致远。

那份淡泊和从容，与血气方刚的心跳，又怎么能简单比较！

我的心跳，平和而舒缓，既无惊涛骇浪，也无死水微澜。

这种境界，我敝帚自珍，时常独自咏叹！

镶嵌在眉间的欢悦

秀丽的山峰，像蔓草丛生的双眉。

一汪被隔开的湖，如两只清澈的眼睛。

风吹过山谷，似有铃铛摇响，木叶萧萧，传来隐隐约约的欢笑。

一对情侣，悠悠荡着双桨。

人间四月天，合当争缠绵。鸥鹭惊飞，游鱼潜底，氤氲环绕，甜情蜜意。

男子眼眸生辉，女子低眉含羞。镶嵌在眉间的欢悦，怎一个“美”字描得！

山峰是男人的剑眉，阳刚之气穿透穹宇，豪迈而不失俊朗。

湖水是女人的容颜，温柔无与伦比，心中激情汹涌，看起来却风平浪静。

镶嵌在眉间的欢悦，说不尽道不得，只应了一句古语：

石可破也，而不可夺其坚；丹可磨也，而不可夺其赤。

耳畔的声音

风，无影无踪。但树摇了，草动了，叶落了，云飘了。

我知道，风来了，风又去了。我不是听风者，那声音却犹在耳畔。

雨，淅淅沥沥。敲打着芭蕉荷叶，奏响唐诗遗韵，弹拨宋词清音。

长调短曲，淌出上千年的喜怒哀乐。我不会多愁善感，那声音似在耳畔。

清晨，鸟儿欢唱，清脆婉转的晨曲，洗去昨夜的噩梦。

傍晚，蝉鸣于窗前，送余晖至眼眸，光阴荏苒，又添些许怅叹。

我不会顾影自怜，那声音无法拒绝，萦绕于耳畔。

儿时，听惯了母亲的呢喃，儿歌是最悦耳的催眠曲。

如今，听着母亲的唠叨，那是当年的余音缭绕。

我怎会嫌弃，那声音始终萦绕于耳畔。

偶尔，去寺庙听听梵音经声。

肃穆庄严，最能震撼人心；木鱼经幡，莫不醍醐灌顶；六道轮回，自是幡然醒悟。

我不是清教徒，也不是无情者，但钟情那回响在耳畔的声音。

无爱的日子

无爱的日子，五味杂陈。

孤独，无聊，伤感。像没人牵着的风筝，不知飘向哪里；像脱缰的野马，四处狂奔；更像池塘里的浮萍，没有根基，永远漂浮不定。

爱是镇静剂，有爱会安定下来，家就是那美好的感觉。

爱是黏合剂，有爱不会分离，黏糊糊的味道最让人着迷。

爱是润滑剂，有爱会多几分理解，不因摩擦而分崩离析。

有爱的日子，人就像掉进蜜罐里，甜甜的，暖暖的，柔柔的。

无爱的日子，人如同泡在苦水里，苦苦的，涩涩的，沉沉的。

从苦水里爬出来，抖一抖身子，告别无爱的日子。

把爱装进心里，日子过得飞快，像白驹过隙，轻松愉快！

静静听你的故事

故事沉淀在茶中，比茶更醇厚；故事浸泡在酒里，比酒更浓烈。沏一壶茶，或者倒一杯酒，坐下来，静静聆听你的故事。

你的故事，从你的眼睛里流淌出来，有些苦涩，有些咸，却无比清澈。爱情的故事，甜蜜、激动、幸福、难忘，有时也充满无奈与苦闷。就像品尝一杯苦丁茶，苦涩的滋味仍留在喉头。我看到了你的真诚，真诚的眼睛不会说谎。我看到了你的幸福，幸福的回忆让你更加美丽！

你的故事，印刻在你的脸颊上，红润、娇羞，又无比坦然。未曾拥有，却难以忘怀。事业的轨迹便是如此，亢奋、追求、拼搏，永不停歇。就像你不善饮酒，可酒的韵味还是写在了脸上。我看到了你的努力，尽管努力并非由脸蛋决定，但从你喝酒的劲头，就能知道你是个用心的人！

你的故事，从你的心底迸发出来，深沉、曲折、丰富多彩。

一个有故事的人，就像一杯酒甘醇绵厚，只有慢慢品味，才能抵达心灵深处。

一个有故事的人，无论男人还是女人，都希望有人用心倾听。

静静听你的故事，不会人走茶凉。

静静听你的故事，人生如酒，历久弥香。

梦醒时分

眼睛睁开，梦已醒。漆黑的夜，注视着我的眼睛，我眼眸中闪烁的亮光，怔怔地盯着夜。

那些噩梦，已然远去。崩裂的悬崖恢复原状，青面獠牙的魔鬼一哄而散。大汗淋漓，并非因为梦。身体的虚弱，仿佛灵魂已经出窍。虚脱的感觉，如同经历了一场生死。我唤回颤抖的灵魂，重新让它回到我的身体。

突然，窗外传来几声鸟鸣。记忆慢慢从噩梦中复苏。梦醒时分，模糊中透着震撼人心的清晰。海棠花开了，眼前是血红的颜色。血性的汉子，往往钟情于这种颜色。

心不再惊悸，可你看不到我的笑容。迷失的路已找回。那些曲折，权当是一把琴弓，你会听到我的曲子，如鸟鸣般动听。

是谁扯动洁白的窗帘，摇响一串悦耳的铃音？梦醒时分，有时比醉酒更真切。将噩梦从记忆中过滤，美梦自然会成真！

我把故乡刻进光阴

故乡的水车，随流水逝去。

记忆深处，只留下斑驳的身影，咿咿呀呀的歌声。

故乡的扮桶，成了历史的遗迹。

高高扬起的双手，夕阳下金色的稻穗，已化作一尊看不见的雕塑。

故乡的渡船，魂丢在了河谷。

木桨和石拱桥，默默诉说着，一个时代的结束，另一个时代的开始。

如今，故乡的山更青，环绕着悠悠白云；故乡的水更绿，闪亮着清澈见底的明镜。

“儿童相见不相识，笑问客从何处来。”

村口的老松树，皲裂的树皮对着我额上的皱纹，无数圈的年轮，珍藏着彼此的相知相遇。

在故乡寻觅故人，寻觅往事，寻觅那些融入血液，永远挥之不去的时光。

我把故乡刻进光阴，一缕乡愁，慰藉着漂泊的灵魂。

家园的位置

我出生的小山村，总让人魂牵梦绕。

沿着青青石板路，我踽踽而行。往前走，一直往前走，直到走出云遮雾绕的山口。沿着清澈的小河，我溯流而上。站在河岸上，观喷薄的日出，看飞鸟的翱翔，心中长出一对翅膀，飞向遥远的地方。

这个毫不起眼的小圆点，这个盘桓于心中，美丽醉人的乡村小家园！如今我居住的小区，坐落在城市的一隅。

这里，鸟语花香，流水潺潺，仿佛世外桃源。

这里，林荫蔽天，苍翠欲滴，凉风习习。

这里，诞生我的梦想，锻炼我的才智，开启我幸福的源泉。

这里，我与天空对话，日月星辰，飞云流霞，成为任意挥洒的诗行。

这里，我与大地对话，花草虫鱼，苍松翠柏，无不寄托深深的情怀。

这里，我与自己对话，打开窗户，遥望故乡，泪花悄悄地洒满衣襟。

外公，中国是白天，美国是黑夜。

小外孙，说得真好！明亮的中国，永远是你的故土。顶着黑色的头发，让通红的中国心，永远不失去根本。

外公，我多么喜欢佳馨园，想念佳馨园。

小外孙，喜欢就好！它是中国的一个点，长沙的一个点，外公一辈子抹不去的一个点。

家园的位置，是心中最高也是最温馨的位置。

家园的位置，是无论走到哪里，都记得要回家的位置。

心的皈依

天高任鸟飞，海阔凭鱼跃。

大鹏展翅，雄鹰高翔。

小小阳雀，喜欢在空中歌唱、舞蹈。白云间，掠过它们弱小而矫健的身影。

涓涓细流，汇成江河。黄河长江，逶迤西来，向东奔腾，终归于海。

海的阔大，海的包容，海的深厚，诠释着海纳百川的真理，诉说着博大精深的情怀。

泥土是生命之基，更是生命之母。

花草树木，在泥土中发芽、生长。

泥土的芳香，泥土的情意，孕育着绿叶的希望。

落叶归根，皈依泥土的落叶，让每个轮回都充满光彩。

生命即使短暂，也无怨无悔。

或敬仰鲲鹏，羡慕雄鹰，怀揣大志，搏击长空。

或钟爱小鸟，飞于花草林间，翔于半空云下。

或崇拜江河，一泻千里，最终投入大海怀抱。

或感叹落叶，将深深的泥土情结，打下生生死死的烙印。

人的皈依，心的皈依，离不开头上的天空，脚下的泥土。

还有那一瓣心香，如陈年老酒，格外芬芳。

点亮村庄

窄小的土路成为历史，宽敞的水泥路延伸到各家各户。路面上，一根根电线杆拔地而起，太阳能电灯像一道道亮丽的风景线。

入夜，一盏盏太阳能路灯准时点亮村庄，点亮农村新生活。告别暗夜，告别沉寂，如今村庄像极了美丽的伊甸园。走在乡村小道上，脱贫致富的豪迈，在每个村民心中油然而生。

远处，农家乐门口车水马龙，城里人的休闲把乡下的资源一夜盘活。新鲜的空气，新鲜的蔬菜，新鲜的鸡鸭鱼肉，乡村游成为一种时尚。远离喧嚣，回归自然的新生活方式，在乡村振兴中应运而生。

华灯初上，音乐响起，偌大的乡村广场热闹非凡。露天电影回来了，交谊舞、广场舞也开始了。过去一家一户的蛰居，如今汇聚成欢乐的海洋。点亮村庄，点亮新生活，点亮乡村振兴最美好的希望。

在生活的暗处点亮一堆篝火

我愿用一线阳光点亮人生，哪怕黑暗似一堵厚重的墙。

生活，不会始终充满阳光，黑暗更如一个恶魔，随时可能将人吞噬。

生活的暗处，有工作的不顺，有事业的起伏，有爱情的失意；有明枪，有暗箭；有唯利是图，也有尔虞我诈。

面对陷阱，要勇敢地爬出来；面对压力，要像春笋顶破泥土石块；面对失意，要学会放松。放松与放下，都是为了新的出发。

你恰似那一把火，熊熊火焰温暖了我。

你恰似那一把火，熊熊火光照亮了我。

在生活的暗处，倘若没有阳光，就点亮一堆篝火。

篝火驱散黑暗，人生将迎来光明！

梦回故乡

故乡的山，是金山银山；故乡的水，碧波荡漾。

故乡的水泥路，通到千家万户；故乡的节能灯，跟城里一样大放光明。

故乡的小溪，架起千万座小桥，它们有一个共同的名字——连心桥。

故乡的田野，不再荒芜，稻花村里说丰年，听取蛙声一片。

故乡的小木屋，变成了大瓦房；故乡的小庭院，宽敞又明亮。

故乡的炊烟，袅袅娜娜，带着诱人的肉香。故乡的晨昏，鸟儿欢唱，喇叭声高昂。

故乡的竹筧，水车，石碓，土磨坊，佝偻的背影，都远去了。惟有记忆深处，渗透着时代变迁的微光。

梦回故乡，热泪盈眶。

梦回故乡，都是锦绣文章。

故乡啊故乡，我永远的胞衣地，我心心念念的好地方！

老　屋

老屋如同满口豁牙的老人，一天到晚，安安静静地坐在那里。

两百多年的一座房子，破败不堪，漏风漏雨，挤在四周的红砖瓦房中，像极了一个另类。

那杉木柱子，楠木横梁，松木檩条，依旧风骨凛凛，一点不减当年气势。

爷爷在世的时候，老屋藏着两样宝物：几块银光闪闪的光洋，一顶缀着红须须的清朝顶子。

这个年轻时候的苦力，给达官贵人抬轿子的轿夫，从不让我们动这两样东西，他把它们看得比自己的命还重要。

我在老屋出生，长大，然后去城里读书。

有一天，那两样宝物突然不见了，谁也不知道它们的去向。

一晃几十年又过去了，老屋沉默不语。

那个豁了牙的老人，他的灵魂好像住在里面，一直住在里面。

老屋，是我先祖的遗产。

我发现自己的血脉，从此不再畏惧“破败”。

没有金钱和顶子，只要坦荡豁达地活着，顶天立地的脊梁就不会轻易垮塌！

月光下的村庄

月光把柔软洁白的被子，覆盖在万籁俱寂的村庄。远山，影子朦胧投过来，陡然增加不少神秘。稻子，在月光下簇拥，随风荡起层层金波。村口的老松树，像威武的士兵，默默护卫着村庄的安宁。

牛羊入圈，鸡鸭进笼，猫狗成眠。安静得掉一根针都能听到响声，那些鼾声和梦呓，是村庄唯一的音乐，单调却又动听。

月光下，夜空深邃邈远，星星闪烁，像一双双睁着的眼睛。老汉坐在门口，吧嗒吧嗒抽着烟斗，一明一灭的烟火，辉映一闪一闪的星星。看不清他的脸，看不清他的神色，只有烟斗上升腾的白雾和白色的月光静静流淌。

屋内，小男孩也睡不着。他想念外出打工的父母，盼望他们早点回来。书包，玩具，糖果，都不是他想要的。他只要父母一个拥抱，一个笑容，一句鼓励的话语，一个膝下承欢的机会。

是的，古老喧嚣的村庄，忙忙碌碌的村庄，鸡飞狗跳的村庄，都已经远去了。月光下的村庄，在等待回归，等待和城里一样的日子。孩子翻身下床，走向爷爷，走向明亮的月光。两双眼睛一齐瞄向不远处同一个地方，上面写着“乡村振兴”四个大字。这时，他们凝重的脸绽开笑容，期待的眼神充满光亮。月光如水，村庄终于进入甜美的梦乡。

守住乡村的寂静和风寒

葱绿和盛开的花儿，远去了。

热烈和聒噪的蝉鸣，远去了。

屋檐下的玉米，咧着嘴笑；屋顶上的晒簟，一片火辣辣的红。

小黄狗蹲在门口，摇着尾巴，摇着孤寂而忠诚的日子。

一群悠闲的小鸡，在屋旁的树林里尽情嬉戏。

秋天的虫子，噤若寒蝉，任由别的生物欺负，吞噬。

空旷的田野，没有庄稼，自然没有收获。

狗尾巴草垂着下巴，睁着惺忪的睡眼。

几栋新砌的砖瓦房，神气却孤单地矗立在村中。

墙上，听见蓑衣在呻吟；墙角，锄头们暗自神伤。

白天，依然炎热。老人用闲聊打发着时间，袅袅的香烟，燃烧着垂垂老矣的生命。他们，在等待着孙辈放学归来。

夜晚，天空眨巴着寒星。风寒，白露为霜，月色有点凄凉。

整个村庄，死一般寂静。

老人的鼾声传来，孩子们的梦呓声传来，低沉的狗吠声传来。

守住乡村的寂静和风寒，虽苦涩而无奈，却充满着深沉的爱。

千里望乡

千里望乡，我的心不由得一阵抽搐。

余光中老先生走了，但他的乡愁还在发酵。

海峡两岸，岂止千里？云海茫茫，遗恨缕缕。

那张邮票呢？那张船票呢？那方坟墓呢？

邮票遗落在乡下，斑斑驳驳的信，母亲依然没有收到。

船票跌落在海里，皱皱巴巴的心，一直被惊涛骇浪压着。

坟墓隔海相望，灵魂在天国相逢。千里望乡，道阻且长。

那个叫《望乡》的电影，那个叫阿崎婆的女人，那个在战争中喘息的故事，让人心酸无比。

千里望乡，身不由己；千里望乡，泪眼婆娑。

一张红颜，满头青丝，赚得到银子，却赚不到爱情。

一张皱脸，满头白发，望眼欲穿，却望不见亲人亲情。

无可奈何花落去，似曾相识燕归来。

千里望乡，多少悲情痛苦揪心！

千层底

一层，两层，厚厚的，谁也数不清。

一针，两针，密密的，多得数不清。

每一层，每一针，都把母爱缝进鞋里，将思念紧紧系在步履中。

老眼昏花，神情却格外专注。

镜片似玻璃瓶底，映射出一圈一圈的岁月。银色的顶针，穿过半个多世纪的时光。当年的青丝，早被鹤发替代。

儿行千里母担忧。即便已至60岁，在母亲心中，你依旧是孩子。

一双千层底，一颗慈母心。穿在脚上，暖在心头。

这厚实的鞋底，厚实的鞋帮，连着厚实的人生。

迎着母亲慈祥的目光，我朝着自己选择的路，无比坚定地走下去。

第四辑

生命感悟

闪光的灵魂

你不是闪电，稍纵即逝，无法触摸。

你不是萤火，微小的光亮只在黑夜闪烁。

你是一柄高举着的火炬，将光芒照耀大地，平凡而短暂的一生，成为人人敬仰的伟大和永恒。

在望城，在雷锋塑像前，我一次又一次深情仰望，一回又一回感慨万端。

你的微笑，春天般温暖；你的事迹，史诗般清晰；你的品格，磐石一样坚定不移。

你的信念焕发巨大的能量，你的大爱出自博大的胸怀。

一切为了人民，你进取的锐气，正是我们民族精神的生动写照。

向上，侠骨柔情，永远挺直着脊梁；向善，赠人玫瑰，手有余香。

什么是真善美，什么是假丑恶，什么是青春，什么是力量，在这里，我们都能寻找到答案，都能受到心灵的洗礼！

闪光的灵魂，在望城，在每一个向上向善者的心里。

心中有座彩虹桥

小时候，村口那座石板桥，就是我心中的彩虹桥。

小桥屹立在小溪上，太阳照耀在溪水上，远远望去，很美。风吹过来，桥的影子在水里荡漾，阳光被析出七彩，也在水里荡漾，很美。

早上，从桥上走过去，傍晚，又从桥上走回来。走着走着，不知不觉就长大了。

凤凰于飞，翙翙其羽。带着儿时的彩虹桥，我跟着凤凰飞向城里。

彩虹桥架在城市的上空，在我眼睛的上方，触手可及，彼此相依相伴。

在这桥上，走过无数个春夏秋冬。每一段岁月，那么近又那么远，那么熟悉又那么陌生。可是，走着走着，猛然发现自己变老了。

时光荏苒，人都会变老。

只要心中的彩虹桥屹立不倒，只要还怀有梦想，老了便是一枚熟果，不仅不会腐烂，而且，还会大放异彩。

把花白的头发，当作一场雪，春天和青草的味道，还会远吗？

让皱巴巴的脸，洗去铅华，印上彩虹桥，焕发的青春，还会远吗？

将佝偻的腰挺直，把昏花的老眼擦亮，让沉沉的暮气变得刚劲，绚丽的彩虹，还会远吗？

天空的彩虹桥也许会消失，而心中的彩虹桥，伴随着生命，永远不离不弃！

活成一道光

畏惧磷火时明时灭，更惊恐它的飘忽不定。害怕流星突然坠落，更怵惕它的溘然长逝。将太阳的强光反射到墙面，留下它奇怪的影子。欣赏烛光的摇曳，心中升腾着一种安详。它们发出的每一道光，都像人生的问号。

我问磷火，你为什么那样诡异？因为像我一样，夜里有许多睁着绿眼睛的狼，它们的奔突总是让人恐慌。

我问流星，你为什么把最后一抹亮光，奉献给天空和大地？因为生命不在于长短，哪怕是一瞬，也足够辉煌。

我问太阳，你为谁带来光明，把每一个角落照得通亮？因为每个人都渴望光明，都需要光明。光明没有死角，世界就不会有黑暗。

我问烛光，你为什么那样欢快而妖娆？因为弱小，所以坚强。因为欢快，所以豁达。烛光是人生伴侣，让每一个日子都充满甜蜜。

真想活成一道光，照亮自己，也照亮别人。

根，活着

树木死了，但根活着。

光秃秃的枝头，毫无生气；满地的落叶，在秋风中打转。

躯干做了建材，肢体在炉膛焚烧。

根，活着，顽强地活着。

它深埋于地下，沾了地气，不会死亡。

即便死亡，也如沉睡一般。

荷叶凋敝，但根活着。

水中的倒影，寂寥无声。水鸟远远望着，似乎在回忆从前。

一抹蓝色，将天空倒置，昔日的风采，好像还在水面荡漾。

残荷的呼吸冒着热气，那些水泡，比夏天还要养眼。

根，活着，洒脱地活着。

泥土中蕴藏的，是精华，更是灵魂。

根活着，灵魂就不会死亡。

人生转角

一直这样走着，笔直地走着。

我摆弄着孩子的玩具车，拧紧发条，然后轻轻放手。

嗖的一声，小车像离弦之箭飞奔出去，从桌面上跌落，粉身碎骨，七零八落。

孩子惊诧不已，睁着一双疑惑且微怒的眼睛。

失望、失落，还是失意、失悔？彼此沉默良久。

“你不该放在桌面上！”孩子说，“如果放在平坦的地上，不破坏它的轨迹，就好了！”

我哑口无言，孩子竟也懂得成人的道理。

一直这样走着，弯弯曲曲地走着。

梦中，我化作一叶孤舟，随蜿蜒曲折的河流漂荡。

群山万壑，逶迤而过。两岸猿声，充耳不闻。

沉浮不定间，生发几许豪迈，如同孤傲的诗人，不知何为悲哀！

这时，群山对河流说：“我阻挡你，是为你开辟另一条路径。”

河流回应群山说：“正因为你的阻拦，我在弯曲的前行中，才明白柔美胜过刚直。”

我猛然惊醒，窗外繁星满天。

是非曲直，任后人评说。但人生转角，能有几回？

走进森林

走进森林，走进绿色氧吧。

心胸，豁然开朗；呼吸，也格外舒畅。

负离子，像一群看不见的小精灵，尽数钻入骨髓，焕发我的精气神。

走进森林，走进静谧世界。

林涛阵阵，溪水欢唱。风，按动翡翠般的琴键，每一个音符，像传来针尖落地的声音，又恰似伊人的脚步，多么欢快而轻盈。

鸟语唱响天籁之音，花香沁人心脾。

走进森林，走进忘我境界。

天空，一片碧蓝，树叶，洒满阳光的金斑。

小草和落叶铺设的地毯，松软如席梦思般舒坦。

站立，我变成一株松杉，笔直的身子直入云端。

静坐，我化作溪边的巉岩，让清澈的溪水洗濯我的双足。

物我两忘，飘飘欲仙。

如果月光是一条长长的河

喜欢银白色的月光，喜欢安安静静的月夜。

月色如水，世界寂静无声。那条长长的河，分明就是银河。

因为，只有银河，才会泻下一泓汪洋恣肆的柔美。

沐浴月光，所有生灵褪去了野性。

狮子的咆哮变成轻松的鼾声，老虎的怒吼，淹没在丛林深处。

蛇的眼神格外温柔多情，它缠绕着树枝，如同跳钢管舞的少女。

沐浴月光，所有生灵在恬然安睡。

母亲抱着孩子，裸露的玉肌与月光融为一体；鸟儿躲进暖巢，撩人的月色生出几分羞涩；洞穴里的虫豸，不再躁动，带着疲惫安然入梦。

如果月光是条长长的河，我愿做它的一缕浪波，无声无息流淌。

唱一首歌，吟一首诗，把心交给月光，在微弱的光亮中，一道翩翩起舞。

沧海行吟

东临碣石，以观沧海。

枭雄曹操，此时何等威武！北征乌桓，得胜归来，横刀立马，威震天下。秋风萧瑟，正可逆风而行；日月星汉，实乃抱负所在。

沧海，多么浩瀚！沧海，令人震撼！

登上碣石山，只见大海浩荡，势不可挡，小岛高耸入云，鼎立海洋，不屈不挠。

树木花草，郁郁葱葱，不惧秋天肃杀之气。日月从大海中喷薄而出，气势何等磅礴！

灿烂星辰从大海整装出发，阵容何其壮观！曹操踌躇满志，一首《观沧海》感天动地！

一路走来，北方已定，剑指南疆，指日可待。

雄才大略，挟天子以令诸侯，汉室虽弱，何忍翻转掠夺！

沧海行吟，旌旗猎猎。

沧海横流，方显英雄本色。

沧海桑田，谁还在意那抔黄土？

阳光树

阳光，在树的肢体和毛发上深情抚摸。

树，立马光明起来，阳刚起来，像一马平川的旷野中，傲然挺立着的男人，一个男孩，或者一位父亲。

通体明亮的阳光树，犹如金色的琥珀。

我仿佛看到它的前生，一定躺在大地深处，修炼了千年万年，不然不会这样挺拔、伟岸，气质幽香如兰。

男孩攀爬于树上，沐浴着朝晖夕阳，啜饮着玉露琼浆，与树浑然一体，茁壮成长。

那笑容，阳光般灿烂；那神态，勇士般顽强；那打着胜利的手势，让人如醉如痴。

许久，许久，男孩变成男人，变成父亲，用力合围着这棵树。

阳光照耀着他的背影，树干一样的脊梁，托起一方天地。一首诗，一首歌，在他心中默默传唱。

我凝望着阳光树，惊叹于阳光树，幻想着自己也能化身为阳光树。

蜕变，从男孩到男人，再到徐徐老矣，像一圈圈树的年轮，把岁月镌刻在额头上。

生命之树沐浴缕缕阳光，一齐向上攀爬，充满永不服输的气场！

岁月的馈赠

一

日月星辰，风雨雷电，是天空的馈赠。
树木花草，五谷杂粮，是大地的馈赠。
仰不负天，增一份敬畏；俯不愧地，多一份虔诚。
“为天地立心，为生民立命，为往圣继绝学，为万世开太平。”
一代大儒立下的心志，亦源于岁月的馈赠。

二

心静如水，任花开花落。尘世间的烦恼，皆随风而去。
岁月的馈赠，让爱恨情仇化为乌有，让清风明月如影随形。
站在菩提树下，繁花千年难得一见。那花语，分明是悠远的梵音。

三

岁月如车轮，碾过高山大川，碾过坦途坎坷，碾过无数弱小生命。
那长长的辙印，其实是历史的脊背上，一道深深的鞭痕。
哪怕血流如注，谁敢不忍痛前行？因为岁月的馈赠，我们别无选择：
即使倾尽所有，也要为灿烂的一瞬，尽情燃烧自己！

诗酒趁年华

诗，在酒中透着清香；酒，让诗像乳汁流淌。

诗与酒，一对孪生兄弟，须臾不可分离。

芳华岁月，我让文字，长满湿漉漉的青苔。

酒，孕育我的灵感；诗，成为我的雕塑；青春，让人生写满精彩！

人到中年，诗酒为伴。

不学竹林七贤，终日醉卧长眠；不羡鸳鸯不羡仙，只留墨香在人间。

花开花落，浸润诗的芬芳；云聚云散，飘逸酒的豪放。

年华老去，诗与酒，更有劲道，馥郁绵长！

取出珍藏多年的老酒，与岁月干杯，与诗歌同醉。

流水高山心自知

高山常青，流水不断。

从高山来，不带走一片草叶，把整个绿荫装在心里。

从高山来，不带走一片云彩，把整个天空藏在心里。

从水中走，高山的倒影随波荡漾。心花，水花，山花，竞相开放。

从水中走，高山的情怀如影随形。水乳交融，难分难舍，一曲欢歌，总是那样绵长。

子在川上曰：逝者如斯夫！

岁月似流水，一去不复返。

高山知道，草木知道，清泉旁的青苔也知道。

因为，它们的根扎在那里，它们的魂系在那里。

浮云终日行，游子久不至。

怀念高山，溯流而上，我匍匐在高山脚下，敬畏生命，敬畏神灵，敬畏每一个会逝去的日子。

流水高山心自知，一行文字寄山水。

景在眼里，乐在心里，如此而已！

天空有路

天空有路，横亘宇宙。日月星辰，昼夜行走。

夸父逐日，嫦娥奔月，他们留下的路，在神话的天空，已成为永恒。

闪耀的星星，与夏夜的萤火虫，共同寻觅着，一条梦中之路。

天空有路，宽阔无边。飞机在云层上飞行，身后留下五彩缤纷之路。

大雁南飞，百鸟翱翔。它们的翅膀上，永远系着奋进之路，生命之路，梦想之路。

心装着天空，路在脚下，任我驰骋。

百年之后，我携带灵魂，无憾今生，飞向美丽天堂。

我知道，既然天空有路，天堂也必然有路。

无法忘却的心动

秋天，平遥古城。

风，从垛子上掠过，很凉爽。

游人渐渐散去，很安静。

蓦然回首，惊诧于一道亮丽的风景。

垛口，一幅午后的剪影，镌刻在古老的城墙。

乌黑的长发，在风中飘飞。乳白色的风衣，卷起婀娜多姿。

黄土高原的尽头，似有千军万马奔突，扬起滚滚红尘，难道只为这倾国倾城之貌?

伊人侧身而立，一泓秋水，洒向熙攘的城池，试问三晋的烟火，会不会刹那间熄灭?

怀念那座古城，珍藏那幅剪影。

忘却的，从来不会心动；心动的，一辈子无法忘却。

以铁磨铁

熄灭通红的炉火，将一根铁棒，放在铁砧上打磨。

铁与铁的撞击，发出沉重的声音，像打雷，像敲鼓，像疾速行走的脚步。

想起愚公移山的故事。一锄一锄，一担一担，年复一年，日复一日，愚公移走了太行、王屋，没有大山的阻隔，到处是大路通途。

五色石在女娲的手中，补齐了天的窟窿。天道回归，银河之水不再肆虐。精卫化作青鸟，日夜衔石填海。不死的灵魂，在西山与东海之间飞越。

寒来暑往，日月穿梭。铁棒越磨越细，最后磨成一根绣花针。把它送给织女，改写七夕的故事。

以铁磨铁，以铁磨铁，看似荒诞不经的举动，却磨出不一样的精气神，磨出一个又一个美丽传奇。

生如夏花

夏日里尽情绽放，自由、奔放、无拘无束。山坡上、池塘边，奇葩惊艳，繁花似锦。夹竹桃红似火，扶桑茉莉绕绿萝。菡萏吐艳，卷舒开合，趣味无穷。紫薇浅唱低吟，木槿朝开暮落。

聚合散开的云霞，是天空绽放的花朵。夜晚，星星闪烁，如点点火花，执着地燃烧着热烈的夏天。水中睡莲，顺应天意，恣意盛开。一种别样的惊喜，让夏夜充满诗意。

生如夏花，不必在意他人目光，该开则开，该落则落。生如夏花，为生命的灿烂高歌，永远不会寂寞。

心灵的火把

萤火虫高举着火把，忽高忽低，或聚或散。

因它的明亮，树木的阴影不再恐怖，仿佛与萤火虫一起舞蹈，整个夏夜变得活跃而可爱。

健儿们高举着火把，一路长跑，勇往直前。

因它的绚丽，天空骤然开朗，看台上掌声雷动，血脉偾张的音乐，把观众的心一波又一波推向高潮。

小时候，随大人们高举着火把，在春江里捞着炸晕的鱼虾，在秋田中捕捉泥鳅和黄蛤蟆（一种类似青蛙的动物）。火光闪闪，水波粼粼，脸上写满童趣和少年的天真。

如今，微信不可或缺，成了人们钟爱的宠儿。

我把头像设置为燃烧的火把，让它时刻照亮着我的心。

在阳光里行走，生活永远是灿烂的，它增添我对未来的向往；在黑夜中探索，人生更是明亮无惧的，它带给我战胜黑暗的勇气。

萤火虫的光亮很微弱，它点亮着漆黑的夜晚。

运动员的火炬很耀眼，它闪耀着美丽的光芒。

摸鱼捞虾的火把很迷人，它记录着永生难忘的乐趣。

惟有心灵的火把，像长明灯一样永不熄灭。

人生际遇

人生际遇，真的匪夷所思。

一双草鞋把我送到城里，一把雨伞让我披挂虹霓。

不是我的命好，而是我遇到一个好的时代。

不是我长得有多帅，而是我有非常自信的魅力。

悄然藏起青春的花朵，我采集阳光，收集雨水，让花蕊结满果子。

把中年的劳累置于身后，我义无反顾，负重前行。

哪怕酷暑严寒，也不能动摇我笃定的信念，让自己一年四季都如沐春风。

壮年已逝，老之将至，我依然站在春天的花树下。

花白的头发，是我盛开的雪花，悠然无憾地飘落。身轻如燕，泰然处之，不为名利所累。

生命之钟

太阳喷薄而出，日子一个一个从海面上升起。

龙宫的大门紧闭着，没有惊涛骇浪，海面如此平静！

那音符般的波纹，起伏荡漾，大海的雅韵一波接一波，无休无止地传来。

生命之母跃出海面，头顶祥云，脚踏浪波，手托时钟，曼妙的时光嘀嗒嘀嗒，像花朵灿然绽放。

飘飘的长发，遮住了她的面容，却藏不住那深邃的眼神和夺目的光彩。

九个太阳，太过炙热，后羿射日，留下永恒的那个。

生命之钟，寓意深刻而奇妙：早晨的那个，有如幼年，指针走得缓慢，却注定走向成熟；中午的那个，有如中年，走得急促，却预示必然走向成功；傍晚的那个，有如暮年，走得不紧不慢，正因它的留恋，生命才值得珍惜和回味！

太阳总有落山之时，生命也终有逝去之日。

愿生命之树长青，愿人生的钟摆永不停顿！

从内心出发

春天，草叶萌发新绿，花儿竞相绽放，垂柳飘逸着青丝，溪水碧波荡漾。

夏天，牡丹展露笑容，禾苗拔节生长，荷叶高擎起雨伞，蜻蜓欢快飞翔。

秋天，瓜熟蒂落，满园果香；稻菽浪涌，溢彩流光；丹枫似火，黄菊芬芳；蒹葭苍苍，白露为霜。

冬天，倦鸟知返，虫豸冬眠；北风呼啸，征衣飘飘；梅花烁烁，冰雪皎皎；秋收冬藏，岁月绵长。

从内心出发，我吐纳着春的气息，簇拥着夏的热烈，怀抱着秋的成熟，激荡着冬的深沉。

不为世俗羁绊，不被外界迷惑，将初心融入大自然，用满腔热血，开启一年四季的征程。

疾驰，舒缓，平坦，坎坷，皆为人生的风景。让内心的执念，化作无比坚实的脚印！

坐拥天空

太阳，月亮，星辰；云雨，虹霓，霞光。

天空是一幅巨画，我高举手中的画轴，昼夜不停地旋转。画面太美，太美，让人如痴如醉。

夸父追日，嫦娥奔月，多少神话故事，在心中生根开花。如今，神舟宇宙飞船把梦想变成现实，华夏儿女英姿勃发，美丽的天空，又添上一笔一笔的浓墨重彩。

天空像蓝色海洋，挂满云的白帆，任我在浩瀚的宇宙遨游。心情太美，太美，教人流连忘返。

长风破浪会有时，直挂云帆济沧海。仰望天空，生发多少豪情；云卷云舒，俱是轻歌曼舞。信念举过头顶，意志凝聚心中，匍匐前行，谱写五彩缤纷的人生。

坐拥天空，华光闪耀。一波波流星雨，将童谣一直唱到白发满头。天空下，有我的快乐和自由。

纠缠的光阴

春去春又来，花开花复落，草绿草还枯。

时光荏苒，白驹过隙。朝望旭日东升，暮观日落西山。

“少壮不努力，老大徒伤悲。”转瞬青丝变白发，奈何明月照沟渠。

回首往事，那纠缠的光阴，似藤蔓难以绕上参天大树，只筛下斑斑点点的碎片。

拾掇不起，乱了心思。

“寸金难买寸光阴。”临渊羡鱼，不如退而结网；临阵磨枪，不如早把炉火烧旺。

打开心结，顿觉海阔天空。时光如相册，任我告别过去，装帧一幅幅崭新的自己。

时光更像一张白纸，由我纵情书写，未曾蹉跎的美丽岁月。

纠缠于光阴，终将一事无成；珍惜每一寸光阴，会带来无数惊喜。

手捧阳光，留住春天，留住人生最美好的瞬间！

落红成诗

红花像雨点，雨点著花红。

彼此簇拥着，翻飞着，舞蹈着，飘落着。

春天的诗，便有了颜色，有了韵脚，有了归处。

红霞烁烁，天际深邃高远。阳光明媚，香风温软迷人。

落霞与思绪齐飞，碧水共长诗一色。

春天的诗，不会陨落，因为手里，总牵着一根红线。

落红不是无情物，化作春泥更护花。

拾一片红雨，剪一段彩霞，焕然，欣然，让心中的诗，点缀人间四月天。

像风一样自由

我没有说我不自由。像风一样自由，多么令人向往！

风的自由，是因为没有形骸的束缚。你不能说看不到它，它就不存在。看，云朵在天空徜徉，树枝在簌簌摇晃，静水深流掀起滔天巨浪。它们的后面，都有着风的影子。

风的自由，是因为有一双看不见的翅膀。它的每一次翕动，都让鸟的双翼充满能量，都让人的梦想展翅飞翔。在风的眼里，有形和无形的翅膀，都是天使的宠儿。

在天空，永远有风洞；在山沟，永远有风口。它来来往往，谁也无法阻挡。它上下其手，不怕你不甘拜下风。那天性的自由，让“风光”一词，充满着深沉的礼赞！

像风一样自由，我不是放浪形骸；像风一样自由，我不是三岁小孩；像风一样自由，我有我不一样的情怀。

我没有说我不自由。在风中放飞心灵，痛且快乐着！

莫问归期

“蘅皋向晚舣轻航。卸云帆、水驿鱼乡。”

柳永孤独的背影，随彩云归去。天地间，只留下哀婉的词句，在萧瑟秋风中打转。浪迹天涯，浪荡人生，我看见，柳词飘逸在火烧云里，青烟散去，灰烬扬起。

无人问他的归期，也无人懂他的归期。

我不是诗人，只是一个行者，落寞而坚忍的行者。行囊空空，载着清风皓月，虚幻且轻盈；满头银丝，交织着岁月的沧桑，漫卷而不离乱。

攀爬人生，最无惧雨雪风霜，把一路的风景，暗自雕刻在宽阔的胸膛。

“居庙堂之高，则忧其君；处江湖之远，则忧其民。”

我仰慕范公之境界，陶冶一介草民之情操。让那些花花草草，自由自在生长吧。让那些锦衣玉食，远离我的视线吧。让那些虚名小利，随风飘散吧。我远远望见的，是驿站上的凉亭，是翱翔蓝天的雄鹰，是一抹仙风道骨，空灵而铮铮。

“我曾经豪情万丈，归来却空空的行囊。”

莫问归期！我愣怔着谁在多语，而沉稳的步子，早穿过了杨柳岸、晓风残月。

洒脱与随性

风，吹来；云，飘走。风，无形；云，有形。

风是背后的推手，云是奔走的车轮。

还有草木的摇动，水波的兴起，花的战栗，泪的涌动。

还有裙摆的飘动，长袖的舞动，顾盼生辉的眼神。

还有戈壁滩的飞沙走石，广袤草原上像云朵你追我赶的牛羊。

还有心中涌起的诗意，无拘无束的性情。

每一次洒脱，都是一道风景，都镌刻着拂之不去的印痕。

每一次随性，都是本真的宣泄，让虚伪与做作，永远无处遁形。

洒脱活着，随性活着，寓无形于有形。

远离世俗尘埃，永葆一颗童心。

不受桎梏的生命，往往精彩绝伦。

读中国

读五千年文明，一脉相承，像黄河长江从未断流。读中华儿女，从融合的那一刻，就永远成为一个整体。读甲骨文，读青铜器，那些镌刻在器物上的历史，从黄土地的深处走来。读《诗经》，读《史记》，读唐诗宋词，那些方方正正的文字，只属于华夏民族。读长城的巍峨，读市井的繁华，秦砖汉瓦的痕迹，从未因时间而失去记忆。

当泱泱大国，山河破碎，满目疮痍；当巍巍中华，生灵涂炭，江河哭泣；当外敌入侵，烧杀掳掠，国将不国；我们没有屈服，没有卑贱苟且地活着！我们奋起反抗，反抗黑暗，反抗压迫，反抗剥削，反抗一切不合理的制度，直到砸碎那些套在脖子上的枷锁！

如今，从漠河到南海，从东海之滨到珠穆朗玛峰西麓，每一寸土地，都写着“中国”二字。如今，可上九天揽月，可下五洋捉鳖，核弹、北斗、航母，威力无穷，守护着九州安宁！如今，中华民族巍然屹立，“一带一路”连接着世界各地。雄狮早已醒来，巨龙正在腾飞，世界为之颤栗，敌人为之发抖！读中国，歌未歇，东方白！

拔节的生命力

我听见骨骼，发出一声声脆响。

我看见拔节，高扬生命的伟力。

山间竹笋，顶破泥土石块，满眼葱绿，伴随着春晖闪烁。生于雷鸣，长于风雨，裹一身铠甲，像武士顶天立地。我仿佛看见，郑板桥吟哦着诗句：“衙斋卧听萧萧竹，疑是民间疾苦声；些小吾曹州县吏，一枝一叶总关情。”

他的竹子在拔节，他的人生在升华。在他眼里，拔节，何止是为了生长，分明是彰显为民情怀、磊落气节。在他心中，拔节的铿锵，是生命庄严的宣示，奋斗的昂扬，更有穿透一切的力量！

是的，竹笋用坚毅与顽强，冲破黑暗，直指蓝天。竹子用拔节的生命力，让一枝一叶关乎人间冷暖。

春天，我听见竹笋和竹子的拔节声。

人生，我更看到一种气节，将生命的伟力融入骨髓和血液。

等候一场素色的美

我喜欢素色，喜欢素色之精美绝伦。繁霜凝结于草叶，一片白光，闪耀《诗经》之晶莹。秋水共长天一色，朴素之韵律，蜿蜒于唐诗宋词，绵延不绝。

等候一场素色的美，早已望眼欲穿。冷冽之风，呼啸而至；寒湿之雨，纷至沓来。六角绮瑞，似乎与我无缘。幸好，一袭素衣，飘逸于水滨，流连于枝头，入我眼眸，恍若仙子。

梅落素笺，其情缱绻。那白玉一般的花瓣，立于我殷红之心尖。匍匐向前，我用一生的虔诚，深情拥抱这素色。如果我的天空飘扬着雪，我宁愿在这素色中化作一尊雕塑，昂然挺立，永不磨灭。

国色天香牡丹魂

“唯有牡丹真国色，花开时节动京城。”“云想衣裳花想容，春风拂槛露华浓。”诗人的吟唱，吟诵着春天的浓烈，更唱出风流无数。牡丹，这百花之王，雍容华贵，倾国倾城，多少人为她仰慕，多少人为她爱恋！牡丹，这生命之火，燃烧着期待，花叶间浓浓的爱，任丹青妙笔，挥洒淋漓。牡丹，这高洁之躯，端庄秀雅，仪态万千，国色天香，堪比守信之人。

不必穿越到唐宋，不必梦回到从前。今日，牡丹怒放，姹紫嫣红。我的眼里，尽是她的芳姿；我的心中，盛不下她的烈焰。“良辰美景奈何天，赏心乐事谁家院。”牡丹亭外，那一畦花圃，盛开过多少故事；那清词丽句，迷醉了多少情怀。不觊觎她的国色，不亵渎她的天香，借牡丹一缕魂魄，开一个自由自在的我。

不负这人间烟火

一轮明月，静静挂在夜空。寂寞嫦娥舒广袖，长空万里为谁舞？不见吴刚，不见玉兔，桂花树下，谁在掩面啜泣？那场景，真叫人肠断心碎！

一方乐土，与烟火相伴相随。朝，观旭日之东升；暮，看映天之晚霞。其喜洋洋者，从诗经楚辞读之；其蔚为大观者，从唐诗宋词阅之。

春和景明，邀三五好友，于郊外踏青烧烤。烟熏火燎，闻食物之清香；猜拳行令，发豪迈于酣醉。逢喜事，与众人分享；遇烦恼，则一笑了之。袅袅炊烟，悠悠我心。

更喜秋霜如绵，桂花烁金，稻黍涌浪。泡一壶茶，点一支烟，端坐于庭院，赏秋景于眼前。灯笼高挂，红柿如火，香烟明灭，思绪万千。

宁做人间一凡夫，不做天上美娇娥。这人间烟火，怎能轻易辜负！

青铜之光

沩水河静静流淌，流不走沉睡的宝藏。炭河里金色的土壤，映射着青铜器迷人的亮光。

四羊方尊，如美丽的商朝公主，藏身于地下宫殿，一朝出土，举国轰动，考古界掀起猛烈旋风。人面方鼎，在农人的锄下哐当破碎，却在匠师的手中悄然复活。

青铜浇铸的殷商，从远古走来，鲜活的人面，写满三千年的历史。每一丝颤动的肌肉，都诉说着惊艳的故事。一只只大铜铙，从大地深处奏响天籁，把邈远的丽音徐徐传来。

难怪这片神奇的土地，有伟人的号角，有诗人的吟唱，多少铿锵之声，飞越四水三湘。

宁乡，美丽安宁的青铜器之乡！沐浴着青铜的华光，给这个崭新的城市，献上礼赞和祝福的诗行。

一蓑烟雨任平生

江面，寂静无声。江雪，白晃晃耀眼。

“孤舟蓑笠翁，独钓寒江雪。”

我仿佛看见，柳宗元孤独垂钓的背影。

他的郁闷，缠绕于锦纶；他的哀愁，如钓钩穿心；他的畅怀，却似江雪飘扬。

潇湘源头，烟雨迷蒙。

远山近水，一齐涌上心头。风吹竹笠，雨打蓑衣。

站在江中矶石上，我把自己化为一尊雕塑。

平生点点滴滴，任江风水雾，渗透于脊骨。

寒门学子，独闯天涯。

手握一支秃笔，曾经穿州过府，秉持一身正气，无悔漫漫人生。

箧中文稿，留下青春足迹；眼前景物，馈赠精神财富。

何为奋斗？有苦有乐。何为人生？追求永不停步！

一蓑烟雨任平生，何必时时立高处。

离场时孤独的背影，也许更让人回味。

萧索江雪，洁白坦荡，沉默中神采飞扬！

一抹烟色半帘梦

大山笼罩着淡淡的氤氲，阳光从林子穿过，小溪从村子穿过，日子从我的心中穿过。

一抹烟色，在百年老树上缓缓升腾。幼鸟的鸣叫，呼唤着成长，那飘舞的叶子，带给它们飞翔的梦。

炊烟袅袅，从散落的屋顶上飘出。闲了一冬的锄头犁耙，纷纷走上田间地头。锈迹，被泥土擦亮；生活，为希望点燃。

二月的风，卷走半帘幽梦。打开窗户，一幅久违的图画映入眼帘。日上三竿，牧童横笛。秧田绿苗，春风十里，那滟滟水塘，鸭儿尽情嬉戏。

走出小屋，走向田埂，我不想荒废日子，就像农人不愿荒废田土。

一抹烟色，道不尽乡村的美丽。半帘幽梦，掩藏不住心中的欣喜。

我匍匐于大地，亲吻着熟悉的泥土，让笨拙的笔头，荡漾春天的诗句。

盼

盼风和日丽，春暖花开，莺飞草长。

盼春风抚摸着我的脸，阳光照耀着我的眼。

盼衔泥的春燕，穿云破雾，将温暖的巢，筑于我斑驳的房梁。

盼一曲生命之歌，像泉水奔涌，叮咚作响。

盼夏夜清凉，星河灿烂，月儿弯弯。

盼一壶酒，一支烟，让我静坐池塘边。

荷风送香气，朗月照无眠。竹影婆娑，耳热酒酣。

盼一场流星雨，追忆似水年华。

盼稻花香里话丰年，听取蛙声一片。

盼秋天的云彩，无拘无束，绚烂多姿。

盼橙黄橘绿，瓜果满园，五谷丰登，实我仓廪。

盼脱贫攻坚的号角响彻云霄，勤劳的汗水换来花花绿绿的钞票。

盼广阔的田野，没有荒芜；盼留守儿童，书声琅琅。

盼冬日暖阳驱散严寒，盼幸福时光地久天长。

盼围坐的炉火，越烧越旺，听农家的笑声，传遍十里八乡。

盼大街小巷，溢彩流光；看姑娘小伙，携手徜徉。

盼天人合一，和谐共生；盼远离灾祸，无病无恙。

在诗的丛林与荒野

诗，是缪斯的孩子。

在诗的丛林与荒野，我愿意做缪斯的孩子。

在诗的丛林里，五颜六色的蘑菇，让人眼花缭乱。

诗，像蛇一样逶迤，像树干一样粗壮，像野兽一样咆哮。诗，开满各种各样的花，采撷与否，交给诗人的心情。

于是，我迷了路，迷了一辈子的路，至今没能走出来。

我踮起脚，追逐着诗，想寻找一处光亮，一个出口，让初心回溯到源头，成为我心心念念的梦想。

荒野，多么空旷，望不到头，也走不到边。

夜晚，我挽着月光的臂膀，吻着星光的额头，听风声对月轻唱，闻鸟儿在暖巢里欢鸣。整个世界，仿佛融化在了心湖中。

于是，我在荒野中摸索，不后悔，不徘徊，也不怕沉沦和迷失。

做一只诗的萤火虫，用一盏微光照亮灵魂，然后在夜空闪烁，飞奔。

泥土之上的生命

我喜欢那些矗立于泥土之上的生命。

从幼苗破土而出，到长成参天大树，生命在这里是一圈圈年轮，或明或暗，或深或浅。

时光刻下的烙印，永远不会磨灭。

我赞美那些绽放在泥土之上的生命。

人生一世，草木一秋。而盛开的花朵，五彩缤纷，芳香四溢。

短暂的生命，像流星划过长空，那一抹光亮，却是永恒的。

我敬畏那些突然变成泥土之上的生命。

冬眠的生命从泥土中醒来，穴居的生命告别了慵懒。青蛙，蛇，蚂蚁，蝙蝠，倾巢而出，一夜之间，都变成泥土之上的生命。

它们或许猥琐，卑微，凶残，恶心，但我仍心怀敬畏。因为所有的生命，都有平等生存的权利。

想起了“安泰之死”，那个希腊神话给人的启示。

泥土之上的生命，永远离不开大地，离不开阳光、空气和水。

我植根于大地，尽情拥抱这个春暖花开的世界。

尘封的记忆

时间上了锁，往事被尘封。

追求和被追求，爱与被爱，或被塞入抽屉，或被装进心里，或直接烟消云散。

但攀爬的脚印，奋斗的痕迹，明处的欢笑和暗地里的哭泣，岁月又怎能尘封得了！

锁，早已锈迹斑斑；往事，也许不堪回首。

但今日，我要掬一捧镪水，清洗那锁的锈迹，打开一段段往事，释放尘封的记忆。

记忆之于我，不是寻求刺激，不是沉湎于恩怨，不是刻意去回忆人世间的是是非非。

我把灰尘去掉，从肉眼看不到的缝隙中，仔细品味过往，品味曾经的生活。

让心灵从虚妄里，像迷路的孩子，慢慢回归，毅然回归。

深邃的诗眼

像深邃的夜空，藏着无数的秘密。抬头仰望，满怀敬畏之心。

像深邃的海洋，在巍峨的宫殿之上，手握定海神针，心旌从不轻易摇荡。

深邃的诗眼，总是在黑暗中发光，在明亮中耀眼，在别人看不见的地方，明察秋毫，洞若观火。

看过来，深情看过来。

珍珠般的眸子，流泻着雄文万卷，缠绵的目光，缓缓打开诗的泉眼。

诗酒趁年华。深邃的一瞥，激扬文字，阡陌尽头，又见少年。

承　受

我以整个的自己，承受这个世界，承受人世间的一切，无论美好与否。

我用双手承受劳动，承受创造，也承受财富。

我用双脚承受土地，承受坦途，也承受坎坷。

我用双眼承受所有的人和事，承受每一处风景，也承受每一次落寞。

我用双耳承受所有的声音，承受盛世韶乐，承受市井管弦，也承受不堪入耳的各种杂音。

我用一张嘴承受人间百味，承受亲吻和甜蜜，也承受数不清的无奈与苦涩。

我用愚笨的脑袋承受所思所想，承受无数的喜怒哀乐，也承受一个个记忆和一次次失忆。

我用弱小的身躯承受重负，承受各种压力，也承受属于自己的那一方天地。

我以整个的自己，承受这个世界，承受人世间的一切，俯仰之间，但求问心无愧！

伏　笔

笔走龙蛇，惯于埋伏章法。曲水流觞，更是迷离不乱。

人，喜欢行走于平地；心，蜿蜒盘旋在高山。

高山有峰，顶摩天宫；深谷有溪，直通地府。峰回路转，趣味无穷。

写作如此，则笔下气象万千，无平铺直叙之虞。

做人如此，则胸中自有丘壑，无堆砌死板之嫌。

伏笔，不经意间提示下一个故事，让人充满好奇。

伏笔，是到达终点后的回望，于首尾相应中，增添几分豪情。

我在文章中埋下伏笔，让每一个故事成为不朽。

你喜欢读，我喜欢写，就像两道工序，谁都离不开谁。

然后握紧双手，相视一笑。

渴望一张白纸

一张白纸，如同出生时圣洁的裸体。

我睁开眼睛，满世界一片雪白。殷红的血，在柔嫩的血管里流动，我的心充满着圣洁，就像一张白纸。

我蹒跚学步，像花草一样成长。学会自己穿衣服，穿白色的衣服，那是我最喜欢的原色。原色和裸色，其实很难区别。

我把一张白纸，折叠成纸鸢，追着风和阳光放飞。

牵着未来，放飞梦想。我的梦呓，吐露着锦绣般的文字，那些崭新的图画，挤满白色的空间。

手执白纸，我凝望着雨后彩虹。彩虹叠印在纸上，我的眸子发出七彩之光。

青丝已成白发，皓首却未穷经。

我渴望一张白纸，焕发童心、青春，激励渐渐颓废的斗志。

我渴望用圣洁的颜色，书写诗和远方。

初心，散发着白纸的清香，一轮永恒时光，与我相依相伴。

弦歌无声

明月轻弹，弓弦嘶哑，寂静无声。

半轮初月，似精致象牙，优雅琴弦，悠悠挂在半空，令人充满遐想。

“举头望明月，低头思故乡。”诗仙李太白，掀起唐诗的旋风。

“明月几时有？把酒问青天。”酩酊大醉的苏东坡，将宋词推向崇高巅峰。

明月照初心，叹逸趣横生；起舞弄清影，惜弦歌无声。

一弯残月，总与曦光迎迓。黎明前的黑暗，终究遮不住琴弦的呜咽。

碧血丹心，不因弦断而绝。

我徘徊在月下，拾起惨白的琴弦，谱一曲离殇，哀婉地唱给自己。

明月天涯，弦歌无声，你不听，我听。

第五辑

生活片段

舌尖上的记忆

打开菜谱，记忆立马爬上舌尖，激活我所有的味蕾。

湘菜，飘散着火辣辣的香味；川菜，贯穿着麻酥酥的感觉；粤菜，尽显龙虎斗的架势；鲁菜，烩出了海鲜百味；苏菜，四季有别，因材施艺，清滑爽口。而浙菜、闽菜、徽菜，无不独具风味，让人垂涎欲滴。

那些满汉全席，燕窝鱼翅，饕餮大餐，皆与我无缘。“朱门酒肉臭，路有冻死骨。”达官贵人的豪宴，早已化作历史的粪土。

儿时常吃红薯，只是为了果腹。一小抓白米，陷落在一锅红薯中，就像珍珠撒入水池，顷刻之间无影无踪！红薯的味道，如隔夜饱嗝，至今不堪回忆。

一碗油豆腐，一盘炭火烤猪肝，是我舌尖上最美的记忆。

油腻腻的豆腐，是母亲给我的特殊照顾，我弱小的身体，因它的滋养而日渐长高长大。过年了，把猪肝蘸上一点盐巴，放在通红的炭火上烧烤，香味扑鼻而来，可口的味道，胜过人世间所有的美味。

舌尖上的记忆，是对如今生活的满足。

哪怕是一盘青菜，那美滋滋的味道，一样叫人痴迷！

携一窗暖阳

窗外，暖阳如炽，有鸟儿歌唱。

远远凝望，我不敢声张，怕自己轻微的咳嗽或一道拉长的影子，打破这幅美景，驱散这份温暖。

阳光穿透玻璃，照在雪白的墙上，也照在我的脸上。我们彼此微笑着，互道一声早安！

小鸟站在窗沿上，小心瞥了我一眼，然后亮开喉嗓，旁若无人地纵情高唱。

我看见，它金色的羽毛闪耀着阳光，黄色的喙角抖动着颤音，淡绿色的眼睛流溢着玉光。

宁静，平和，安详，一切如此美好！

于这深秋之晨，携一窗暖阳，坦然面对风霜，更与弱小的生命，来一次穿透心灵的对唱！

落　款

一字一画，要辨别真伪，先看落款。

落款是书画的印戳，是作者唯一的标识，是历史长河中最不可磨灭的痕迹。

做人要诚，做事要实。

诚是人的根本，如同落款，一撇一捺，讲究端庄严谨。

实乃人的内心，去伪存真，实实在在，方能行之久远。

收藏书画，把玩古籍，得其真者而洋洋得意，得其假者而垂头丧气。

落款，好比一块金子，即使被尘封，也会熠熠生辉。

不作书画，也不擅书画，我只书写，自己平凡的人生。

留下落款，让子孙后代，有个真实的念想。

流　萤

撑起一盏神灯，将夏夜点亮。

于是，黑暗的森林有了亮光，朦胧的水面闪耀着灵光，寂寞的天空活泼开朗！

灯影迷离人初歇，好光景，夜未央！

像壁画里的飞天，不知疲倦飞跃着，旋转着，舞蹈着。

打开翅膀，承载古老的梦想；打破沉闷，发出震撼心灵的绝响。

划出的每一道弧，美丽而夺目。

纵使怒放的曼陀罗花，也比不上它高贵典雅！

流萤，人间小亮点，夜市不打烊的新景点。

打开漆黑的眼帘，长长的睫毛上挂满泪花。

此时无声胜有声，长相随，无际涯！

雪　犁

犁头闪耀着雪光，田野在春天里歌唱。

一行行犁沟，散发出淡淡清香；一垄垄坡地，穿上崭新的衣裳。

那些水田，波光粼粼，像一幅水粉画，倒映在蓝天下。

犁头，将春天的雪融入土地，滋养出生命。

犁头上的日子，是春意盎然的日子。

远处，老牛套着犁头，打着惬意的响鼻。

一个熟悉的影子，在夕阳下变得越来越长，满腔的情思，犁进深爱着的土地。

没有雪犁，板结的土地不会疏松；没有老牛，最美的山河也会荒芜。

毅然套起犁头，默默躬耕田垄。犁头上雪白的光，点亮我心中的希望。

走失的记忆

走失的孩子，他不能把控自我。

除了父母悲伤，亲人焦急，旁人叹息，一切都无济于事。

走失的灵魂，一旦脱离肉体，便无所归依。

那些枯萎的花朵，落入尘埃无声无息；那些漂荡的浮萍，失去根本惨惨戚戚。

走失的记忆，如铁之锈迹，只要多擦拭，就会熠熠生辉；似蒙尘之珠，只要稍加洗涤，就会焕发出新的光彩。

将走失的记忆追回，给它安上芯片，设置好人生的密码。再把它写入书本，植入爱意，时刻不忘去激活。

那么，记忆的深处，就有了一条永远不会走失的路！

篝火的序章

围成一圈，画一个生动的圆。

让篝火燃烧起来，我们手拉手，尽情舞蹈吧！

人生的序章，刚刚拉开帷幕。

可以是诗，从《诗经》中走来，从李白杜甫的咏唱中走来，从柳永李清照的婉转动听中走来。

可以是歌，歌吟这个时代，歌吟在一圈圈舞蹈中陶醉，然后，放飞自我。

可以是我眼中的你，你心中的我。

不负时代，不负人生，只要一团篝火，纵使最寒冷的冬天，一样快乐度过。

擦亮生活的绿

绿属于春天，也属于四季。

我在冬天擦亮绿，擦亮我自己，擦亮一颗走入冬季的心。

你看到了吗？今年是暖冬，32摄氏度近在身边，火热，灼烧着我的心，很疼。

其实，没那么多事，放心好了！

生活有绿，生活永远是春天。

雪莱说，冬天来了，春天还会远吗？

守望等高线

点与点之间，没有高低之分。

地形图上的每一根线，都在美丽山水间，没有碰撞与重叠，却永远相偎相依。

高山仰止，因平地而伟岸；大海无疆，因天际而浩淼。

寻找属于自己的那个点，痴情守望，守望等高线，守望梦中的家园。

赤脚丈量过的土地，生长着浓浓的相思。

人与人之间，没有贵贱之分。

胸怀若开阔，到处一马平川。即使路遇坎坷，只要义无反顾，谁又奈我何！

守望等高线，心灵深处不变的坐标。

打开人生的地形图，发现每一天都可圈可点。

生命的礼赞，就在这广袤无边的沧海桑田！

光芒借着大地行走

阅读百年党史，我看见真理的光芒，像太阳穿透宇宙，照耀着古老的中华大地。

暗无天日的旧中国，因一群热血青年的相聚，破晓的微光，将南湖的红船点亮。

那微光，擦亮了革命者的眼睛，擦亮了南昌起义的枪声，擦亮了井冈山上的旌旗，擦亮了遵义会议的决断。一轮太阳，破云而出，击碎重重黑暗，照亮着光明的征程。

那微光，变成冲天的火光，像北斗星永不熄灭，像地火焚烧一切腐朽。那微光，随着共产党人的脚步，从延安到西柏坡，到中南海，人民的江山像火炬一样辉煌！

光芒借着大地行走，辉映着新中国的瑰丽图景。一代又一代共产党人，始终高举伟大旗帜，为人民谋幸福、为民族谋复兴，一刻都未曾停歇。

从站起来到富起来，再到强起来，真理的光芒在新时代，焕发出更强劲的力量，我们前进的脚步谁也无法阻挡。

江山就是人民，人民就是江山。

古老的中国，因一个百年大党，千秋万代，永放光芒！

露蘸秋霜

是从古老的《诗经》中走来吗？

蒹葭苍苍，白露为霜。露珠般的伊人，伊人似的露珠，曼妙的身影宛在水中央，凝结于千万年不变的心梦中。

是从明丽的花木草叶中走来吗？

露从今夜白，月是故乡明。露珠晶莹剔透，在草叶上摇曳，明月映照着，像琴弦上滑落的一串串音符，多么生动活泼。

凌晨风寒，露水凝结成霜。青天无片云，飞下数点雪。这意境就像一首歌，让游子生发多少思乡情！

是从诗人缠绵悱恻的心中走来吗？

夜深宫殿门不锁，白露满山山叶堕。帝王的宫殿早已衰败，门上的锈斑也随风而逝。但满山的苍黄与圣洁的白露，依旧交相辉映，在山叶悄无声息地坠落中，诗人缠绵悱恻的心境便多了一份雅致：木叶萧萧，白露皎皎，我心悠然，不与万物计较。

恬静淡然，蘸上繁霜为佐料，品味人生，顿感乐趣无穷。

如诗的旋律

一串优美的旋律，从初萌的草叶上传来。

惠风，摇曳晶莹的露珠；春雨，润泽着人间万物。

走出枯黄冷落的日子，绿叶排满琴弦，将春天尽情弹拨。

一阵高亢的旋律，从密林深处传来。

群鸟像离弦之箭，越过山谷，跃上天空，身后拖着长长的音符。

惟有布谷鸟的叫声，擂响三月的战鼓，把农事推向高潮。

色　调

如果是画家，我只用暖色调。

画桃花，画和桃花一样红彤彤的脸。“去年今日此门中，人面桃花相映红。”画的意境，从古诗中走来，而我把心境，全都泼洒在画布上。

画玫瑰，画菡萏，画郁金香，也画梅花。深红，浅红，大红，小红，所有的红色，像殷红的血，从胸中涌出，流遍我的全身。

也画秋天金色的麦垛，画麦垛中嬉戏的孩子；画原野上黄澄澄的杏叶，画杏叶铺就的大道；画每一个黄皮肤，画黄皮肤与黄土地的交融，画古老民族绽放的文明之光。

当然，我不是画家，无法拒绝冷色调。仰望蓝天，我想把它献给画家，缀上日月星辰，多些温暖，少些寒冷。脚踏青山绿水，拥抱金山银山，顿感温暖如春。昔日的寒意，在不知不觉中逃遁。我摘下云朵，摘下纯白的棉桃，摘下人世间所有的美好。我走向清泉，走向飞瀑，走向玉宇琼楼，幸福的日子，永远没有尽头。世界多姿多彩，从来没有单一的色调。

幸亏我不是画家，不然，怎么能画出生活的全部！

口　碑

那些长在土地中的石碑，就像参天大树，让人投去崇敬的目光。

拂去碑上的浮尘，历史“蹦跳”出来，时光扑面而来。

每一块石碑，都承载着一个鲜活的故事。沉默是金。让我们匍匐在地，用虔诚的心，镌刻属于自己的文字。

蛙鸣伴琴声

微风拂面，暑热散尽。月色朦胧，荷香弥漫，紫雾升腾，鸟雀噤声。摘取荷叶当凳，唤来星星点灯。一个人的夜宴，缓缓拉开帷幕。

荷叶随风摇摆，蛙儿纵身一跃，像英俊的王子，惊艳全场。引吭高歌，招来蛙声一片。看不到口型，看不出表情，听不懂的语言，神秘而又神圣。支起耳朵，屏住呼吸聆听。像号角，有点杂乱；像鼓点，有些急促；像没有过滤的嘈杂，簇拥着沉沉夏夜。

于是，奏响心之竖琴。清风作我的手，月光作琴的弦，一泓碧水，洗亮了一双漆黑的眼。蛙鸣，不再嘈杂，一曲天籁之音，早已洗去心中凡尘。悠悠琴声，从肺腑出发，直冲我的脑门，与蛙鸣交织，引人入胜！

蛙鸣伴琴声，一场夜宴，仿佛禅定！

天空与海

天空是倒过来的海，海是倾覆了的天空。

日月星辰，风雨雷电，晨曦暮霭，它们都是天空怀里的孩子。天晴，下雨，飞霜，飘雪，风起云涌，电闪雷鸣。天空演绎着每一种天象，从不为任何人所左右。包容之如母性，深邃之不可穷尽，天空让所有的一切，都能找到自己的位置。

至于海，那是天空微缩的胶片，是浩瀚银河在地球上洒落的一小片水花。水天相接处，归帆像美丽的云朵，飞入望眼欲穿的眸子。海鸥在蓝天白云间翱翔，海潮呼啸，云水翻腾，簇拥着无所畏惧的战士。巨鲸和鲨鱼在尽情嬉戏，不用理会沉浮，也不用担心寂寞。海，承载着它们的身体；而天空，属于它们的心灵。

在天空与海之间，我有时像一只鸟，有时像一条鱼，有时像一片云，有时更像一朵浪花。

转角处的风景

山，可以直视；水，可以透视；天空，可以仰视。

那么，转角处的风景呢？我怔怔地站在那里，一筹莫展。“眼前有景道不得，崔颢题诗在上头。”我毅然转身，去看转角处的风景。

晃悠悠的独木桥远去了，我看见阳关大道横亘于眼前。没有拥挤，没有离索，没有坠落的担心。哪怕有风雨，有路障，有坎坷，都不用害怕，我只要一路前行，跟着自己的心走就是了！

高高的南墙远去了，我看见敞亮的通途豁然开朗。不撞南墙不回头，那个庸人早已与我拜拜。既然逾越不过，何不华丽转身？撞得头破血流，不仅不会博得同情，还会被人嘲笑。人活在世上，惟有智慧享用不尽！

我看见希望的田野生长着我喜欢的作物。这别致的风景，养命的风景，怡情养性的风景，在转角处，频频向我招手，格外抢眼！看得见的，看不见的，所有过往的风景，如同云烟，都一一远去了。

在人生的转角处另辟蹊径，沿路的风景，就在我的脚下。

临风听蝉

夏日的傍晚，起风了。乘着风的翅膀，天边的红霞赶来了。我不需要它的渲染，只是多了一个陪伴。风和云霞，有着共同的特性，想来就来，想去就去。这和我的性格一样，向往自由。

草地上有一排树，夕阳下，拉着长长的影子。拉着长长的影子，并不感觉到孤单。树的深处，蝉儿亮开喉嗓，欢快地唱了起来。“知了，知了！”像打着熟悉的招呼，显示无比的热情与友善。一个站在高处，一个坐在地上，一个吟唱，一个聆听，彼此间毫无距离。

蝉鸣忽高忽低，时缓时急。仿佛天上的惊雷，在头顶炸裂；又像草原的马群，嘶鸣着踏雪而过；恰似海潮涌起，怒吼着涌来又退去。仿佛情人的低语，弥漫着双手相牵的甜蜜；而诗人的吟哦，情感在胸腔一起一伏，夜幕降临的静好，让烦躁顷刻间消失。

临风听蝉，听大自然的妙音，听风儿和云霞在耳畔和眼眸交汇。充满禅意的夜晚，给自己上一次震撼心灵的洗礼！

珊瑚海

珊瑚海，充满诗意的海，充满死亡的海。我把目光径直投向大海，投向嶙峋而妩媚的珊瑚礁，心中发出掩藏不住的感叹。

眼前的海，像粗暴的男人，咆哮着，怒吼着，挥舞着拳头，似乎要将一切都砸碎。风平浪静时，却又像温柔的女人，迈着轻盈的步履，把安宁祥和簇拥到身边。只有珊瑚海，才会兼具男人和女人的双重特性。

站在高低起伏的礁石上，站在无数珊瑚堆积的尸骨上，我陷入沉思。它们用简单的繁衍，延续着生命，用无声无息的死亡，造出大海的骨骼，最终完成自己的碑刻。

那么人呢？人，死亡后化为尘土，随流水汇入大海，而他们的骨骼，无法完成迁徙，更无法像珊瑚成就最后的蜕变。

珊瑚海，蓝得深沉，是活着的珊瑚游荡的身影。珊瑚海，白得晃眼，是死去的珊瑚举起累累白骨。珊瑚海，用诗意诠释生命，用岛礁见证死亡。我愿化作一块礁石，让人生的归宿，永远矗立在心海上！

独钓寒江雪

寒风凛冽，大雪纷飞。在湘江源头，他向雪水中垂下钓钩。一个孤独的背影，一个清冷的世界。没有人能看清他的脸，也没有人能触摸，涌流于他内心的那条河流。

永州司马，一个贬官，不如一介百姓。江边的茅屋为秋风所破，政治理想的火焰也只剩下一点点灰烬。一组《永州八记》，把偏远的蛮荒之地，深深播下文化的种子。永州之野产异蛇，不只是见证苛政猛于虎的唐王朝，更成就如今一方水土的名产。

“千山鸟飞绝，万径人踪灭。孤舟蓑笠翁，独钓寒江雪。”这是怎样一幅图画，怎样一种心境，怎样一种无奈，怎样一种洒脱！在南方的瘴疠之地，终于竖起一块沉重的文化之碑！站在潇水之滨，那种孤独，只与风雪飘舞。

泥土灵魂

泥土，灵魂，不死鸟。灵魂的安息地，深沉的故乡的泥土。

泥土，从石头缝里挤出来。贫瘠，单薄，却格外坚定执着。一年四季，自然少不了花朵。穿上花衣的山坡，呵呵浅笑的山姑，让泥土上的柔弱，慷慨激昂如歌。

泥土，是鸟儿嘴里掉下的果粒。沟沟壑壑，长满无数的树，树上的鸟儿，黑压压，呼啦啦。树叶和鸟粪，勾画出山乡最独特的风景。我眼中，总是那不死鸟的幻象！

泥土，是米酒、苞谷烧和红薯酒堆积的酒糟。黑如浓墨，捧着，捧着，水墨画就从指缝间，缓缓流溢出来。香似佳酿，渗透大地的每一条血管，醉了这片纯净的山水。

我匍匐在地，亲吻着唱出生命之歌的泥土。我的灵魂，泥土的灵魂，还有草木的根，交汇交融，心心相印。

晨光里行走

晨光孕育生命，我在晨光里行走。春天，草木疯长，鲜花四处绽放。大树筑上高巢，我听见雏鸟在纵情歌唱。每一个新生命，都沐浴着春的晨光，那高亢的音符，穿透我的肺腑，激荡我的胸腔。

晨光里行走，我把晨光盘在头顶，担在肩上。我是晨光的宠儿，脱胎换骨，为自己孕育新的生命。晨光就是希望，我在晨光里行走。

告别昨夜的噩梦，我挥舞晨光的宝剑，一路斩妖除魔。架好晨光的罗盘，从容穿越人生迷雾。晨光里行走，会越走越光明，不用害怕黑暗，也不会再迷失自我。

我是晨光的影子，如影随形，我看见希望摆出迎接我的架势。晨光熹微，晨光温暖。晨光是一首诗，在晨光里行走，让生命流光溢彩。

星星从指尖上滑落

长空邈邈，银汉迢迢。蓝天如洗，清澈明丽。夜露坠落，悄无声息。静静坐在江边，任微风吹拂白发。抬头仰望，天上有星星闪烁。

它是一个童话，妈妈说把星星摘回家。它是一个希望，爸爸说有星星陪伴，就可以快快长大。它是一个梦幻，总让人有奇异的想法。它是一个追求，直到花甲之年，在《星星》上实现首发。

静静坐在江边，任思绪像浪花翻滚。快快迎接它吧！星星从指尖上滑落，涌起心潮一片。尽情讴歌它吧！诗歌从笔尖上滑落，拨动动人的琴弦。好好珍惜它吧！这灿烂的日子，如歌的岁月。

转　身

面对悬崖和深渊，是纵身一跳还是华丽转身？我选择后者，另辟蹊径，云淡风轻。

漫漫人生路，坎坷多于坦途。站在高处，高处不胜寒；站在低处，未必能泰然处之。说什么阳关道，说什么独木桥，悠然转身，最是巧妙！

转身，不是胆怯，不是逃避，不是示弱。会当凌绝顶，一览众山小。此时转身，是一种谦逊和低调。而新的奇山险峰，也许就在脚下。

横看成岭侧成峰，远近高低各不同。看足了风景及时转身，然后吃一顿东坡肉，笑谈人生。

回　声

岁月的回声，从日历中走来，缠绕于指尖，颤动于心灵。童年的欢乐，少年的懵懂，青年的奋进，中年的蹉跎，老年的觉醒，似乎都有袅袅回声，从远处或记忆深处传来，不绝于耳。

夜深人静的回声，仿佛天籁之音，更似梦中呓语。这回声，像风，起于青萍之末，止于草莽之间；像雨，“夜来风雨声，花落知多少”；像流星，流光飞火何所似，恍若夏日满地萤。这回声，更像梦中呓语，时断时续，若有若无，多么温柔缱绻，简直荡人心魂。

宇宙的回声，在电闪雷鸣中，冲破长空，震耳欲聋。那是何等壮观啊！盘古开天地，混沌的景象一去不复返。精卫填海，五色石补天，天地之交错，铿锵有声。更有神舟与北斗，在浩瀚无垠的宇宙，庄严刻上“中华”二字。国歌的旋律悠扬响起，这是宇宙最宏大的回声，一种无法复制和替代的回声！

脊梁上的光

夕阳西下，一头老牛在奋力耕耘。脊背上的毛，早已被岁月薅光。热气腾腾的汗水，一个劲儿渗出来，像雨水，似血浆，散发着令人惊叹的光！

永远忘不了，那道单薄的脊梁。小时候趴在上面，多么惬意，多么舒爽。长大了，那是一座雄伟的山梁，一座人生的灯塔，一座屹立不倒的精神大厦。父亲的脊梁，父辈的脊梁，我们一路攀爬，超越，从不彷徨！

一组伟岸的雕塑，矗立在眼前，高耸入云，势不可挡。那些宽阔的脊梁，坚毅的眼神，从历史和现实中向我们款款走来。一种民族的荣光，在我脸上荡漾，如同旭日，光芒万丈！

脊梁上的光，永远不会消逝。脊梁上的光，由远而近，越来越亮堂！

寒影疏

田田的荷叶枯萎了。霜风下，高举着的头颅始终不肯俯下。散去的浮萍，因为没有根，终究找不回一生落寞的影子。

一只寒鸟飞来了，站在荷叶褐色的肩膀上，梳理着秋天的羽毛。水天相接处，一帧傍晚的剪影，孤独而清高。

野菊花灿然绽放，到处弥漫着清香。霜花浸月华，大地白茫茫。不见采菊人，东篱空落落。都说千年等一回，试问远去的背影，怎不见蓦然回首？“寒影烟霜暗，晨光枝叶妍。”在秋天的原野，好想放飞一下自我，无论是温暖加身，还是透着一丝寒意。

一轮玉

中秋圆月，一轮宝玉。抬头仰望，空里流霜，桂子飘香。驻足凝视，长影相随，蛾眉低垂。

一轮玉，紧紧握在手。恰似一枚玉佩，温润的光泽，早将我陶醉。一轮玉，多想赠女神。挂在雪白的脖颈，清辉缕缕，疑是广寒宫中人。

每逢佳节倍思亲，独自徘徊庭树下。掬一把泪光，邀一轮月华，凭栏处，彻夜吟唱！

断　片

残缺，不一定不美，就像维纳斯。断片，不一定接不上，如同思绪。

天上浮云，若有若无；归雁一行，似曾相识。秋风起，落叶飞。翠荷枯，水清冽。星汉灿烂，霜月潜行。采菊东篱下，悠然见南山。

美酒佳肴，陈列于案。谁与佳人，浅酌低斟？我有断片，可入弦乐，又如甘泉，涌于心田。断片片断，断而不绝。心不残缺，顶天立地！

掬一捧星星

夜深沉，刮金风，秋意浓。

仰望碧空，云翳隐匿，群星璀璨。月华似水，澹澹兮生烟。

掬一捧星星，握手盈盈。不求金玉，不慕虚荣，那一丝丝晶亮，让我感激涕零。

掬一捧星星，天地间自有感应。星星之火驱散寒夜，迎接希望的黎明！

掬一捧星星，永远追求光明。把星星分发给众人，绚烂的星光背后，一样精彩纷呈。

大地之子

那年，他倒在日寇的枪口下。

在他身后，一棵参天大树先他而倒，树根旁边，正好被炮弹掀起一个巨坑。那个巨坑，成了他的长眠之地。没有人知道他来自哪里，也没有人知道他的姓名，但神奇的传说传遍了闭塞的山村。

他目睹鬼子烧杀掳掠，痛恨鬼子奸淫成性，心中燃起复仇的怒火。

一天，他被鬼子抓了壮丁，强迫他在前面带路。

他知道，报仇雪恨的时候就要到了，脸上掠过一丝不易察觉的笑。

羊肠小道在悬崖上延伸，脚下是万丈深渊。

老鸦的悲鸣格外凄厉，山风吹来阵阵寒气。

突然，他大吼一声，利索地撂下挑子，用扁担对准敌人，使尽全力劈去。那凌厉之势，吓得日寇目瞪口呆，一眨眼的工夫，四五个敌人应声掉进悬崖。

敌人恼羞成怒，所有的枪炮一齐向他射击。

他倒下了，倒在那棵被炮弹掀倒的松树下，倒在那个巨大的土坑里。

他的身子被打成筛子，血流如注，嘴角泛着血红的亮光。

那是一个复仇者的笑，胜利者的笑，在天地间凝固了。

一介百姓终成大地之子。

顽强的松树从他的坟墓上重新长出，郁郁葱葱，冠盖四野。

就像竖起一块巨碑，供后人世世代代瞻仰。

疾风也有归途

我是疾驰的东风，我喜爱吟唱满眼春光。

我让冰雪消融，使江河碧波荡漾，令百花竞相绽放。

我钟情于孩子们的欢声笑语，无忧无虑地放着风筝。

我欣赏雨中飞燕，我愿为它们张开翅膀，让生命与生活一同飞翔。

我热爱翻滚着绿浪的田野，携着绵绵细雨，永远滋润这一方水土！

我是疾驰的南风，我怀揣着炽热的心，并非炙烤大地，而是催促万物生长。

禾苗在拔节，瓜果在扬花。我给予它们无尽的热量，被一一吸收至心底与腹腔。

百鸟在欢鸣，蝉儿在歌唱。我带来热烈的季节，蜂飞蝶舞，满池莲香，山高水长。

我不愿轻易停歇，我为这季节的景象，从未惧怕过嘲讽与指责！

我是疾驰的西风，让弯月如镰刀，忙碌着收割，让满天星斗，唱着丰收的赞歌。

我掠过果枝，吮吸着果香；我跨过瓜棚，亲吻着瓜香。飘过金色的田野，喜看谷物欣然入仓。

我将身子悄然隐藏，化作夜里雪白的繁霜。我翻松这一片土地，重新注入阳光。

我在穷乡僻壤，从青砖瓦房，从农人的餐桌与衣裳，看到小康，看到炊烟的姿态变了花样。

我是疾驰的北风，我喜爱在冬天里呼啸。

我带来北极的寒流，我带给你雪花飘飘。

我给大地铺上白色床单，让生命进入冬眠，一种听不见呼吸的恬淡。

我在针叶林中徘徊，把雾凇和冰凌挂在山川的眉眼。

我抚摸着赤裸的白桦林，心疼这群孩子毫不畏惧寒冷，感叹落叶和雪花亲密无间。

疾风也有归途。让我停一停，歇一歇，为新的征程，整理好行装。

飘过屋顶的鸟鸣

背靠大山，面朝溪水，老屋成为鸟儿航线上的必经之路。

飘过屋顶的鸟鸣，就像一只闹钟，让我的心一阵阵颤动。

清晨，旭日东升，唤醒黎明。

田野，果园，菜地，还有远近的森林，经过露水的濯洗，变得格外清新妩媚。

虫子在蠕动，唧唧复唧唧，到处一派勃勃生机！

早起的鸟儿有虫吃。它们飞快地越过屋顶，留下多么欢快的鸟鸣。仿佛出征的战士，一往无前，所向披靡。

傍晚，炊烟袅袅，暮霭沉沉。

黑压压的鸟群，满载而归，呼啸而来，飞过屋顶，遁于后山之中。

我看见它们的翅膀，承载着千钧力量；它们的羽毛，闪耀着万道金光。

飘过屋顶的鸟鸣，如同凯歌齐奏。

朝，目送它们离去；暮，迎接它们归来。

飘过屋顶的鸟鸣，时时拨动我心中的琴弦：倦鸟知返，游子同归。

怡墨清风

一场淅沥小雨，让暑热立马消解，空气变得格外清新。

风里，飘散着一丝淡淡的甜味。

一阵奇香，在屋子里弥漫。

它像梅花的味道，像青草的味道，又像檀香的味道。

我一边嗅着，一边作深呼吸状，仿佛它就要逃走似的。

我知道，这是新墨绽放的香味，我离不开的味道。

打开窗户，放清新的空气进来。

窗外，树影婆娑，院墙下的紫薇花，开得如火如荼。

绿萝在风中摇曳，晶莹的水珠，正一点一滴坠落。

怡墨清风，我赶紧挥毫泼墨。

定格的剪影，一扫往日之浮躁，留下坚定与沉着。

北方，给我一片牧场

喜欢北方，喜欢北方那一片牧场。

那一片牧场，我没有放牧过牛羊。

但我躺在无边的草地上，数过夜空中最亮的星星，听过流星划破长空发出悦耳的声响，看过乳白色帐篷在草原上水波似的荡漾，也闻过遥远的奶香和烤全羊的肉香。

北方，那一片牧场，我不要你的恩赐。

草原最美的花，火红的萨日朗，一梦到天涯，遍地是花香。

柔美的歌声，撞击着我的心房；洁白的哈达，挂在我的脖颈上。

一碗马奶酒仰脖喝光，醉眼蒙眬，呈现万千幻象。

天苍苍，野茫茫，风吹草低见牛羊。

北方，那一片牧场广袤无垠，纯净亮堂；那一片牧场与天相接，毫无阻挡；那一片牧场适合放牧牛羊，放牧歌声，更适合放牧心灵，放牧郁闷、忧愁与惆怅。

北方，你给我一片牧场，我赠你一串诗行！

尘埃里的世界

尘埃里的世界，没有世外桃源。我宁愿在尘埃里，去注视这个世界，宠辱不惊，无悲无喜。

尘埃里的世界，没有人间仙境。我喜欢在尘埃里，反顾自己，不要什么仙风道骨，只做凡夫俗子。

尘埃里的世界，却有许多诱惑、伤害、无奈和感慨。拒诱惑于千里之外，留下本真的自我。伤害是一把双刃剑，千万不要轻易出鞘。放飞心情，任其消融，如黄沙随风飘散，无影无踪。

尘埃里的世界，人是最渺小的。

我站在地平线上，仰望星空，滚滚红尘，似乎越来越远。

复 苏

春天，万物复苏。

从报春花的嫩蕊中，我看到了雪的消融。

从桃红柳绿到烟雨迷蒙，我看到了一幅幅醉人的图景。

从燕子归来，我看到了生命在歌唱。

从群鸭戏水，我看到了春江的无穷活力与能量。

从草色转青，荷池蛙鸣，我看到了人世间的美好和勃发的希望。

春天，万物复苏，我沉睡的心灵复苏。

我像一株竹笋，感觉到了地温的上升，聆听到了春雷的轰鸣。

我要用尽全身的力气，掀开压在我头上的石块，争一方自己的天空。

我像一条蚯蚓，终于摆脱僵硬。生命一旦蠕动，就要龙腾虎跃。

我更像一只蝼蚁，多么弱小！但我相信春天有温暖，人间有真情，相信自己弱小的身躯，一样能顶天立地！

文字的魅力

仓颉造字，使中华文字魅力四射！

一笔一画，刻进兽骨龟甲，留下岁月精华。一横一钩，描绘奇峰深沟，让人心弦紧扣。一撇一捺，说不尽的人间佳话，道不完的稼穑桑麻。

因为文字，一部《诗经》的大合唱，从古唱到今。

因为文字，《离骚》《天问》，惊天地泣鬼神。

因为文字，先秦散文，唐诗宋词，成为华夏瑰宝。

因为文字，元曲和明清小说，梦倚红楼，无出其右。

文字的魅力，跳跃于素手，闪耀于眼眸。

握一管玉笔，心中甲兵万千，脑海佳构如云，眼前奇景无数，山川风物，涌流于笔端。

温一壶老酒，目睹朝晖夕阴，偕垂柳餐野菊，如闲云野鹤，诵旧赋填新词，在方块的文字间如醉如痴。

文字的魅力，岂在盈盈尺寸之间？岂在寥寥数语之间，又岂在朝朝暮暮之间？

“不识庐山真面目，只缘身在此山中。”

文字的魅力，即使问仓颉，也可能是一道哑谜。

踏在夜的两岸

踏在夜的两岸，踏在银河的两岸，任一双眸子，穿透天地，穿透世事。

周身的血液，猛然间沸腾燃烧，流成了另一条河。

地上的夜，漆黑如墨。风，迎面吹来，霎时间树影婆娑。大地朦胧，夜的两岸，竖起无数看不见的旗杆。

我知道，那是树，也只有树，才能被我当成如椽之笔，去绘一幅夜之图。

而旗杆上飘扬的，是黑暗中的光明，看不见却摸得着。

天上的夜，无岁月和季节之分。一条银河，永恒而无止境。

七夕的故事，说尽人间哀婉的寄托。

牛郎织女，隔河相望，他们无法踏在夜的两岸，河的两岸。

夜，夜的河，河的两岸，宣泄和流淌的，只有凄婉哀伤，无奈与落寞。

踏在夜的两岸，我融天地于一心，通昏晓于恒念。

孑然的影子，突然发出几声脆响，如心弦拨弄，打破夜的静谧。

风声之外

海，终于像婴儿安静下来。

滔天巨浪停止了喧闹，泊在港湾的帆船，把安澜高挂在白帆上。

海潮退去，沙滩一片亮白。

海鸥的飞翔，多了几分柔美，先前的搏击，化作眼前的欢鸣。

坐在黝黑的礁石上，我想起了《老人与海》。

白发和白帆，交织在分明而又模糊的同一条线上。

昏花的老眼，远方清晰的灯塔，叠印着岁月风霜。

心海比大海更宽阔，一辈子拼搏，也许只有此刻，才是回眸一笑的颂歌！

风声之外，没人给出答案。陪伴我的，不是乖张，而是沉默。

巨峰之间，推出偌大的风口。常年的大风，一刻未曾停歇。

山花绝迹，雪花飘飘，好一个冰清玉洁的世界！

草枯鹰眼疾，此处唯峭壁。翅膀上的风，让人惊诧不已。

羚羊雀跃，一条天路，被坚忍的羊蹄踏个粉碎。

天高人为峰，艺高人胆大。站在人世间的风口，听惯各种各样的风声。

唯有天地正气，陡然在心中升腾。

风声之外，每个人有每个人的情怀。

簇拥我的，不是鲜花，而是勇气！

夕阳里的倩影

晚风轻吹，斜晖缥缈，波光粼粼。

金色沙滩蜿蜒伸向天际，与悠悠白云相映成趣。

夕阳西下，梦幻般的倩影，水一样漫卷过来。

远处，白帆点点，波涛翻腾。渔歌唱晚，动人心魄。

一道倩影，从夕阳里走来，越来越清晰，越来越明亮，像一幅精美的画卷，映入我的眼帘，钻进我的心里。

美丽的天鹅湖，像孩子安静下来。

天鹅的倩影，点亮世上最美的风景。

它们携手欢游，搅碎了满湖金波。它们仰天高歌，唱出了月上东山。它们交颈嬉戏，演绎着爱的永恒。

我在夕阳里驻足，将倩影组成的画卷，一一珍藏在心间。

空闲时，打开，品味，如饮佳酿，唇齿留香。

夕阳里的倩影，是一盏点亮寂寞的心灯。

轻研素墨

一方浓墨，要重重地用力才能磨得。

但轻研素墨，为何要轻，为何要如此素净？

我走向户外，走向烟雨迷蒙的原野。

但见垂柳依依，雨丝飘飘。轻轻柔柔，白皙如伊之手，抚摸着柳之秀发。

如梦似幻的柳条，低垂着朦胧的醉眼。

一张素脸，无半点浮华。那般轻，那般素，天然去雕饰，不是画胜似画。

远处，传来袅袅梵音，不绝于耳。

像和风穿过树林，像暖阳照耀着花束，像丝弦敲击我的耳鼓。

鸟儿停了欢唱，花儿忘了绽放，乌云猛然散开，一片祥瑞，萦绕在我胸怀。

轻研素墨，它不是哲学，也不是禅悟，而是一种心情。

轻轻落在你轻柔的指头，我轻快的笔头，在指头和笔头交织着的心头！

棋　语

闲暇时厮杀一盘，于楚汉之争中怡然自得。

楚河汉界，两阵对垒，炮轰马嘶，攻城略地。

棋盘堪比战场，硝烟弥漫处，那些棋子，竟无语凝噎！

马走日，车直行，空空炮不鸣。

仕相躲进大本营，将帅威武发号令。

杀他个天昏地暗，薄暮冥冥。

人生如棋，我愿为卒，行动虽慢，可谁曾见我后退半步。

跨楚河，越汉界，凛凛枪头，红缨裹鲜血。

人生如棋，观棋不语真君子。

那修养与境界，一时半会道不得！

流云过尽方见明

流水不腐，户枢不蠹。

望着静静的流水，我不追寻它磅礴的气势，只为那潜伏心底的力量歌唱。

时光如流水，不舍昼夜。我把自己融化在里面，就做一滴清水，闪亮，闪亮。

夏夜流萤，闪闪烁烁。

蓝色的幽光，带着一丝冷酷，弥漫着一缕忧伤，像远处的磷火，叫人顿生敬畏。

上下飘舞，冷却了夏日的焦灼、炽热和不安。我不知道生命，在萤光中会变得如此冷静。

与流水和流萤相比，流云是一种黑暗。

它密布于晴空之下，而噩梦，总在黑夜里肆虐。

冬日响雷，六月飞雪。是谁在演唱，那不堪回首的悲情？

吹尽狂沙始到金，流云过尽方见明。

除去欲望的心魔，一切海阔天空！

镰刀割不断的风骨

田野忽然变得格外安静，格外敞亮。

稻子被收割了，镰刀在镶金嵌银的岁月，发出会心的微笑。

稻株像木桩矗立在田间，齐头伸向远方。

它们回望春天，在春风的吹拂下成长；回望夏天，留恋炽热的阳光；回望秋天，在被收割的瞬间，总是热泪盈眶。

将一切奉献出去，却把心和根留了下来。

心，永远和天空相望，与广袤的原野相拥；根，扎向深沉的土地，无怨无悔，矢志不移。

还有远处的茅草，被镰刀割了一茬又一茬。

没有哭泣，没有悲伤，因为它们深知，这是一种使命：活着，奉献一片绿意；死了，奉献一片赤诚。

镰刀割不断的风骨，恰似一首《正气歌》，始终回响天地间。

折叠起风声

多么熟悉的风声，敞开着娴雅和美丽。

花开花落，鸟儿欢鸣，流水歌唱，血液在胸腔里流进流出。

多么美妙的风声，送来缕缕天籁之音。

所以，我喜欢在春天，横吹一管短笛，更喜欢在夏天，敞开毫无遮拦的心扉。

可是，折叠起风声，迷离多少泪眼。

萧瑟秋风起，心中落寞生。万仞高山，草木凋零；原野千里，孤月孑影。

长亭更短亭，惟有泪沾巾。

走向干涸的池塘，我抚摸着残荷哀伤。远离喧嚣的尘世，我寻求着片刻的清静。

行囊空空，雨雾蒙蒙。

告别无聊的风声，尝试别样人生！

彻夜未眠的歌手

你是风来我是沙，缠缠绵绵走天涯。

支起一顶帐篷，头顶苍穹，脚踏大地。月色朦胧，风声鹤唳。

是谁彻夜未眠，在荒漠中击鼓而歌？又是谁侧耳倾听，惹得人泪眼婆娑？

风，一夜未曾停歇。像一个歌手，与我默默厮守，驱散心中的寂寞。

喜欢这塞北的风，西域的风，那样强劲，那样刚烈。

在滚动的歌声中，我弹起胡笳，吹着羌笛，与之交相应和。

我是一粒沙，伴君走天涯。一夜的缠绵，听你如泣如诉，而我坐怀不乱。

在戈壁沙滩，风，成了彻夜未眠的歌手，我成了不惧生死的雕塑。

枣儿红了

枣儿红了，是时候红了。

一片一片的红云，升腾在金黄黝黑的土地上。一颗一颗的枣儿，挂满遒劲或细嫩的枝头。

太阳收敛了许多，生怕晒干了枣儿。秋风温柔了许多，生怕吹皱了枣儿。

枣儿的世界，到处是红扑扑的脸色；枣儿的岁月，打开了丰满润泽的扉页。

家乡不种植红枣，枣树林像一道神秘的风景线，时常在想象中绵延。

益气补血的红枣，我吃出过它甜美的味道，我体会过它带来的喜庆。

婚床上放几粒红枣，“早生贵子”，这祝福多么吉祥美好！

红枣煮鸡蛋，端给坐月子的妻子，她的脸上洋溢着幸福的光泽。

枣儿红了，红得烂漫，红得自然。

如同一幅画，挂在秋天的画廊。绵长岁月，因它而特别温暖。

节日的烟火

深邃的目光，仰望晴朗的夜空。灿烂的烟火，点燃节日的激情。

节日，让家人幸福团聚。血浓于水，亲情永远不会改变，也永远不会分离。心相连，手相牵，多么温暖而缱绻。

烟火，把节日推向高潮，五彩缤纷，美不胜收。期待的眸子，发出明亮的光芒；脸上的笑容，绽放鲜艳的花朵。

在节日里欢呼，歌唱。欢呼新中国70年的巨大变迁，歌唱新中国70年的丰功伟绩。

我双膝跪地，将双手高高举过头顶，向祖国母亲，表达我深深的敬意。

在烟火中陶醉，畅想。我陶醉于作为中国人的骄傲，我畅想“两个一百年”奋斗目标的伟大梦想。我要把自己的生命和一切，都奉献给祖国，奉献给生我养我的伟大母亲。

深邃的目光，仰望璀璨的夜空。节日的烟火，点燃不一样的激情。

低垂的天光

旭日东升，从茫茫云海中跳跃而出。

低垂的天光，送走昨夜的噩梦，带来今天的好运。

你说过，不喜欢低眉垂首，不喜欢仰人鼻息，更不喜欢人云亦云。

你甚至向天空质问：天光，怎么会是低垂的?

天光应该是高高在上的。那片鱼肚白，那声雄鸡的高唱，那缕月光的西斜，见证了天光的高远与高傲。

那种高远，只有天光能够达到，那种高傲，也只有天光配得上这样的称号!

真正伟大之人，谦虚是他的秉性。因为高不可攀，才会高山仰止。

低垂的天光，又何尝不是这样!

我站在平地，像一棵小草；我站在高山，像无影之风。

低垂的天光，它照亮我的心房，让我前行中不会迷失方向。

那些脊梁

大山，因脊梁而高耸。

登泰山而小天下，登嵩山而环视中原，登华山而知险峻。珠穆朗玛峰直上云霄，格外挺拔。那些脊梁，诠释着山的魂魄，山的精神。

国家和民族，因脊梁高耸而不倒。

“路漫漫其修远兮，吾将上下而求索。”爱国诗人屈原，用千古《离骚》，在诗歌的高地插上忠诚的旗帜，投江而死，慷慨悲歌。

“人生自古谁无死，留取丹心照汗青。”文天祥的《正气歌》，动天地、泣鬼神。面对外族入侵，他从容就义，展示了中华儿女的铮铮铁骨。

多少仁人志士，为推翻帝制，建立共和，舍生忘死！多少共产党人，为挽救国家和民族于危亡，挺身而出，义无反顾，用热血和生命，谱写可歌可泣的壮丽篇章！

“俱往矣，数风流人物，还看今朝。”在新中国成立70周年之际，那些“共和国勋章”和国家荣誉称号的获得者，他们挺起民族的脊梁，在新时代高歌猛进，唱响了振兴中华的时代最强音！

那些脊梁，无论古今，我们应该铭记在心。

那些脊梁，无论何人，我们应该向他们虔诚致敬！

瘦　月

水满则溢，月盈则亏。

惟有一弓弯月，斜挂在夜空，平添几多意趣。

那是一枚新叶，微露着银毫。被风吹向空中，轻盈盈飘动，像一首清新小诗。

那是一叶小舟，在银河里游弋。灿烂的星光围绕着它，真想挥动思想的双桨，畅游天下，写出绝世文章。

那是一张弯弓，待我轻轻摘取。遥想当年，花前月下，手握丘比特之箭，弯腰射美人，赢得如今好姻缘。

绿肥红瘦，各有千秋。

一弯瘦月，如同宋词的上阕，铺排无数的意象，为寻一个绝佳出口，将情感尽情宣泄！

月推半边窗

是谁，把天上的玉盘偷挂在窗前？
晶莹，皎洁，一张伊人的脸，多么圆润光泽。
窗扉半掩，白色的窗纱，好像刚被人撩拨。
月推半边窗，将地上洒满碎银。
夜，太深沉；心，本无尘。
屋子悄无声息，只有月华似水，荡涤着灵魂。
踱步窗前，星空邈远辽阔，让人思绪万千。
秋夜真好！风微凉，带点花蕊的味道。
是菊花，淡淡的清香，早已充满我的鼻腔。
是桂花，我不会忘记，它翻过院墙的模样。
此时，我格外思念遥远的故乡。

虚　构

无数的点构成线，无数的线构成平面。

每一幅作品，垒起巨大的实体。每一幅作品，写满惊叹与传奇。

机器，接长手臂，挥就鬼斧神工。作品凌空而起，矗立在高山沟壑间。

一桥飞架南北，天堑变通途。摩天大楼，鳞次栉比，改变着城市的版图。住进这些作品，安心且自然。

日月星辰，离我最近；雨雪雷电，与我最亲。

月牙儿像一条小船，载我穿越永恒的时空。

走进这些作品，与弥漫的云雾紧紧拥抱。

脚踏实地，不会有任何惶恐。

我梦见自己，变成一只燕子，一只雄鹰，在天空中翱翔。

我喜欢与天空，融为一体。

火红的岩浆，从地心涌流。清亮的山泉，在岫穴中奔突。

一腔热血，充满活力，不会停滞。

我的诗歌，像一株从土里长出来的小草。它用弱小的身躯，默默迎接风的欢唱，云的流动，雨的润泽，春燕的呢喃，归雁的和鸣。

我的小说也许长成一棵大树，一片森林，在厚实的土地上，成为一道亮丽的风景。

虚构，不是生活本身，但一定是生活的影子！

烛　光

烛光，摇曳着光亮，摇曳着温馨。

把一切倾注在美酒里。酒，晃了又晃。红晕，慢慢爬上脸庞。

烛光里的爱，深沉，单纯，没有半点做作。

一首《烛光里的妈妈》，唱得多少人泪流满面。

妈妈，在烛光里微笑，像一轮太阳。

子夜钟声

子夜钟声，悠悠响起，多情而缠绵。

春天，这钟声是绿色的。春水荡漾，春心萌动，流淌出绿色的诗行。老屋梁上的燕子，情意缱绻，那婉转的啼鸣，恰似子夜的钟声。告别昨日，明天将迎来新的生命。田野与天空，处处生机盎然。

夏天，这钟声是热烈的。槐花刚谢，幽香依旧。梅子黄时雨，淅淅沥沥到天明。蝉已入眠，夜格外宁静。月圆之夜，诗歌浸润在月色中，在子夜钟声里吟诵，神态安详又自得。

秋天，这钟声是金色的。瓜果飘香，稻麦金黄。成熟的季节，总是光彩夺目。树叶开始飘落，却有丹枫似火。那一抹白霜，悄然爬上我的双鬓，聆听子夜的钟声，我并不悲伤。怀揣着沉甸甸的收获，谱写金色的诗章。

冬天，这钟声是纯白的。第一场雪，如同初次约会，抑制不住的激动让人不知所措。子夜钟声响起，诗成为我的情人与一生的伴侣。寒夜生暖，彼此相拥。

子夜钟声，骤然响起，悠长而嘹亮。

关于“伥”的随想

老虎令人畏惧，也惹人憎恶。比老虎更可怕更可恨的，是被老虎吃掉后化为恶鬼的人。

老虎，身为兽中之王，气势汹汹，尖牙利齿，血盆大口，动辄伤人。一旦落入虎口，几乎没有生还的可能，人们谈及老虎便心生恐惧，无不畏惧。

伥者，即伥鬼，指被老虎所害，转而成为老虎帮凶、祸害他人的恶鬼。历史上的大汉奸、抗日战争时期的“二鬼子”，以及如今危害社会的小爪牙，无一不是为虎作伥之人。他们狐假虎威，色厉内荏，仗势欺人，坏事做尽，可恨至极！

老虎不除，残害生灵；伥鬼不灭，为祸更甚。唯有打虎与灭伥双管齐下，综合施策，方能海晏河清，还社会一片安宁。

站在自己的门外

一扇门，阻挡了所有的脚步，连思想的翅膀，也在门外无力徘徊。

那是一座豪宅，钟鸣鼎食，玉色生香。轻歌曼舞，曲水流觞，何等惬意，令人无限向往！然而，无法穿越回古代，只能在历史的门外徘徊。

那是一幢平房，深深浅浅的脚印，覆盖着厚厚的灰尘。书桌隐匿在墙角，默默低吟浅唱。斑驳的窗棂，透进久违的光明！可是，留不住逝去的时光，只能倚靠在回忆的门框。

那是一座茅舍，令人眼前一亮。门前一方池塘，荡漾着盈盈秋水，也荡漾着我涟漪般的思绪。种下三五株桃李，让一颗不老之心，悠然嬉戏其间。一畦菜园，沐浴着雨露阳光，生长出绿色的诗行。虚掩柴门，我放飞所有的畅想。

站在自己的门外，内心回归自然，那份快乐，无与伦比！

苦涩的风景

故乡的河，宛如一条玉带飘落在金色的土地上。垂柳依依，带着梦想伸向远方。水中倒影与蓝天相接，随波悠悠荡漾。

两岸的稻田，春天葱绿，夏天金浪翻滚，秋天谷物满仓。远远望去，错落有致的农舍，如一颗颗珍珠散落于河畔。老人悠闲地吸着烟卷，孩子们在庭院中嬉笑玩耍，小黄狗警觉地蹲在门口，忠诚地守护着一方安宁。

然而，一场突如其来的洪灾，瞬间将一切化为泽国。那血盆大口般的洪水，吞噬了所有的美好。碧绿的玉带沉没在浑浊的洪水中，稻田、农舍和依依垂柳，都在洪水中苦苦挣扎。小黄狗的尸体漂浮在水面，空旷的灾区回荡着它的哀鸣。

多么悲惨的景象，多么苦涩的风景！我心中泣血，眼里噙满泪水，双手合十，祈祷故乡安宁，祈祷老母亲安康！

灵魂的幽香

一棵草，青了又枯；一朵花，开了又谢。荣枯开谢之间，生命添了一抹绿，容颜多了一份色。倘若山还是那座山，水还是那片水，让肉体以另一种形式、在另一个时间生长，那么，死亡便意味着重生！

匍匐在树木花草之根的灵魂，永远散发着幽香，弥漫于天地之间，经久不散。

有的人死了，他却活着；有的人活着，他却死了。为民族解放而牺牲的人，如文天祥，留下了浩然正气之歌；为人民服务而献身的人，如张思德，赢得了伟人毛泽东的称赞。他们的肉体虽化为青烟、变为尘土，但不朽的灵魂，永远受到后人的敬仰！

卖国求荣的人活着，如秦桧，被钉在了历史的耻辱柱上；苟且偷生的人活着，如鼠辈，成为人人不齿的笑柄。行尸走肉般地活着，灵魂早已坠入地狱！

一切生命，愿灵魂永远散发幽香，愿人世间的正气与天地长存！

沁人心脾的一瞥

空气清新得仿佛能滴出水来，好似换了一种姿态！雨后的芭蕉，露出嫣红的脸庞。翠绿的身姿，掠过惊喜的眼眸，在起伏的胸腔中弥漫。

山峦与旭日一同苏醒。花朵漫山遍野，绽放出五彩斑斓的色彩。夏天，少了一份缠绵，多了一份热烈。我是多么惊诧于那沁人心脾的一瞥！

“漫卷诗书喜欲狂，白日放歌须纵酒。”一卷卷诗书，流淌着《诗经》的古韵，传唱着唐诗的激昂，而宋词的浅吟低唱，都付与那半壁江山，让人感慨万千！

那沁人心脾的一瞥，不是过眼云烟，不是绿肥红瘦，不是夕阳余晖，也不是画中仕女。多少人生际遇，或许只需一瞥，瞬间便是永恒！

碎　片

时光的碎片，无法拾起，也难以串联。虽说破镜能重圆，可时光却不会倒流，所谓“时光不老”，不过是虚妄之谈！

知识的碎片，总是零碎不全，在支离破碎中悄然无声。所以，我宁愿只读一本书，只背一首诗，让那完整的一点，毫无残缺！

信息的碎片，真假难辨，大多是虚妄不实的。多一些倾听，多一点理解，让准确的信息直达心灵，这个世界自然会变得美好而和谐！

缝补风的碎片，让云朵化作羽衣霓裳；拾掇雨的碎片，让夏夜的蛙鸣在荷塘轻轻奏响。

寻觅一线天

寻觅一线天，将那千奇百怪的景色，从眼眸移植到内心。

陡峭的两壁，高耸入云，难以攀登。时空的隧道，如梦如幻。光线如雨点般洒落，伸出双手，快接住这不为人知的生机。青苔散发着幽光，道路狭窄而悠长。抬头仰望，天空眯着眼，似乎永远走不出我的视野。

脚下，原本是一片海洋。一股浮力轻轻托起，我的双手瞬间化作翅膀，不由自主地缓缓飞翔。此时，天空与海洋、静止与流动、内心的深邃与外表的浅薄，都浓缩在这一线天，让人陶醉，流连忘返。

寻觅一线天，不敢忘却的是那份卑微。那些曾经的美好，就像一束光，照亮人生的低谷。

摘一滴雨露，喂养干渴的心灵

火烧云纷纷登场，盛夏吐出一团炽热的火焰。干裂的土地如同冒烟的嗓子，卷曲的树叶恰似困顿的老人。蛐蛐儿无精打采地叫着，天空寂寥空旷。

幸好有田田荷叶，承接上天的玉液甘霖。那一滴雨露，是为谁降临？躲在菩提树下，我的心不再浮躁，宁静而平和。远处，有袅袅梵音传来；近处，我匍匐在地，发现自己的身影与大地融为一体。

佛说，心不死，灵魂便有了归宿。雨露即甘霖，我摘一滴雨露，喂养干渴的心灵！

夜静下来

夜静下来，如同婴儿般安然入睡。月光如水，夜色迷人。花朵的呼吸，平和而舒缓。眼角的泪，与荷叶上的露珠相互辉映，有谁在倾听夜的呢喃？

夜静下来，琵琶停止了呜咽。远山，是一团漆黑的影子，漫过朦胧的眼眸。天穹，深邃无垠，漂流的银河，湮没了所有的纯真。高山流水，知音难觅，奈何夜太深沉，让世间的沉默，如同断绝的琴弦。

夜静下来，我的心也静下来。不，澎湃的心潮，永远冲击着夜的堤岸。

拂　过

和煦的春风拂过。花开了，柳绿了，水暖了，冰雪消融了。虫豸爬出洞穴，鸟儿跃出高巢。

我迈开脚步走向户外，投入春天的怀抱。明丽的山水、清新的空气、灿烂的阳光，一一拂过我的眼眸，拂过我的心胸，拂过我每一寸肌肤，我沉醉在春天的美好之中！

母亲的青丝拂过。细细的、柔柔的、暖暖的，饱含着无尽的牵挂。睁开眼看到的第一眼，吮吸母亲乳汁的那一刻，母亲美丽的长发轻轻甩过，拂过我的脸，拂过我的眼睛。大哭的时候，只要母亲的青丝拂过，我便破涕为笑；闹夜的时候，只要摩挲着母亲的青丝，我就会变得格外安静！沐浴在母爱的长河里，一年四季永不干涸。

母亲青丝拂过的人生，即便走到生命的尽头，也会幸福无比！

给我一个太阳

月亮说，给我一个太阳，我要让黑夜继续闪耀光芒。一个落下，一个升起，无论阴晴圆缺，唯有天道如此周详！

树木说，给我一个太阳，我要为世界留下一抹记忆。一抹金色的岁月，一抹隐藏的光晕，通过摇曳的枝叶，送入生命的深处！

花草说，给我一个太阳，我要把自己装扮成七彩的模样。花开花落，草长草枯，如此短暂的轮回，怎能浪费片刻时光！

我双膝跪地，面向浩瀚的苍穹。给我一个太阳吧，我要焚烧这世俗的肉体，让灵魂羽化成仙，让骨灰在风中飘散，撒入江河湖海，融入大地深处。因为我心中的太阳，它永不寂寞，永远不会沉沦！

另一种风景

猛然发现，另一种风景在池塘里。

朝霞漫卷，倒影婆娑。锦鲤畅游，波光粼粼。

一串串气泡从水中冒出，仿佛音乐喷泉打开了闸门。

鱼儿衔着水草，很优雅地舞蹈，那翻转腾挪，简直妙不可言！

水床上安安静静，睡莲早已苏醒。初夏的温暖，让这里一片生机盎然。

红的花朵，在它脸上绽放，像一团火，燃烧着希望和梦想。

白的花朵，紧握在它手上，显得多么圣洁而高尚。

我轻轻倚伏在雅致的栏杆上，端详着这动与静，不禁感慨万端。

多少风景在眼前，往往视而不见；多少生动有趣的故事，总成为过眼云烟。

池塘里有另一种风景，也有另一种灵魂。

谁在敲门

朔风止息，铅云遁去，冰雪消融。

报春花开满枝头，春江水暖鸭先知。

夜深人无寐，凝听解愁怀。一阵脚步声传来，直达我虚掩的门口。

谁在敲门？我披衣起床，四处空无一人，院子里弥漫着淡淡的花香。

原来是风敲门，难怪这么和煦温馨。

“返景入深林，复照青苔上。”

山乡的夏夜，喧闹后重归平静。

窗外的月色，朦胧的竹影，勾画成唯美的夏夜图，送我进入甜美梦乡。

笃，笃，笃！似乎又响起轻轻的敲门声，猛然打断我的清梦。

谁在敲门？没有任何人回应。

月光静静地洒在窗前，将一把弯弓的光影，反射在直勾勾的门上。

不管谁在敲门，我们都不要惊慌。

不做亏心事，不怕鬼敲门，何况世上根本就没有鬼。

如果心中有鬼，任何门都是挡不住的！

声音里的痛

那是怎样一种声音，怎样一种痛！

不忍直视，也不忍卒听，任由泪花濡湿单薄的衣襟。

秋风阵阵，雁叫声声。

离情别绪，霜重露沾，一行人字好写，关山飞度恁是难。

生生折了翅膀，怜取你一路哀伤；心有所思，行有所止，为什么如此彷徨？

一种相思，两处闲愁。

怎忍心读那孱弱的宋词，啜泣无言，人比黄花瘦！

那声音，如利箭穿心，似五雷轰顶，个中之痛，真是痛彻心扉。

不要战栗，不要孤苦，不要绝望，更不要口蜜腹剑。

我宁愿剖开心尖，给我爱和爱我的人。

那里流出的血，一定会溅起一朵爱之花，用一种无与伦比的美，诠释所有的誓言。

我宁愿让肉身遭受鞭笞，也不要语言的冷暴力；我宁愿在钻心的疼痛里，去获得不可言状的快感！

这是一种疼的声音，痛的声音，欲哭无泪的声音！

挥舞阳光

明媚的春光，透着丝丝暖阳。花开花落，五彩缤纷。

莺歌燕舞，柳绿草长。我挥舞阳光，青春的旋律回响在耳畔。

热烈的夏日，漫步于荷塘。蛙鼓轻敲，蜻蜓飞扬。荷叶田田，弥漫着清香。

我挥舞阳光，盎然的诗意，滚烫滚烫。

云淡风轻，秋高气爽。空里流霜，菊花芬芳。

看南山东篱，胸中万千气象。

我挥舞阳光，一枚枫叶飘然落下，绽放出华美的诗章。冬天，北风呼啸，雪花曼舞。蜡梅吐蕊，暗香浮动。

到处白里透红，景象各自不同。我挥舞阳光，掩埋落寞的记忆，打开敞亮的心扉。

淌过记忆的音符

屋外，漆黑一片。

简陋的农舍，每晚都有一盏油灯灿烂地亮着。

小时候，爷爷贴心地陪着我，陪着我写完作业，然后讲述他年轻时的故事。

那跳跃的灯焰，慈祥的面容，汇聚成我人生的力量。

记忆的音符一直在翻腾的心中流淌，我铺开纸张，一气呵成写下那首《油灯》。

“只要心里有盏灯，这盏灯永远不灭，就不怕漆黑的夜。”

它一次又一次叩开我的记忆之门，让我更加怀念慈祥的爷爷。

紫薇花语

春天的桃花已经远去，带走了一个个粉红的故事。

夏日的荷花也渐渐凋零，枯萎的叶子晾干了发黄的泪滴。

秋天的庭院里，道路旁，旷野上，到处盛开着美丽的紫薇。

红的灿若云霞，白的白皙如玉，紫的像葡萄云集，一树树，一朵朵，一串串，映入人的眼里，扑入人的心里。

它们如同楚楚动人的新娘，那份清新，那份绚丽，那份热烈，那份执着，那份成熟，那份经霜凌寒的历练，让老气横秋的世界忽然有了许多的灵动，产生了许多年轻和不经意的冲动。

人们说，春天的故事是红色的，只因桃花朵朵红；夏天的故事是绿色的，只因荷叶无穷碧。

而秋天呢，幸亏有紫薇，不是因为她富贵的紫色，紫色不过是一个简单的冠名，她的万紫千红，才是让人乱花迷离的原因，就像一枚别致的佩饰别在秋天的衣襟。

爱紫薇，在这个秋天，不会再感到单调；爱紫薇，在人生失意时，不会再轻轻叹息；爱紫薇，在萧瑟的世界，永远有期待与梦想。爱紫薇，其实需要更多的宣泄，用独特的思想支配自己，一路走来又走去。

纤　夫

浮雕静静矗立在江边，把几千年的纤夫，永远固定在了那儿。

长长的绳索勒进他们的肩胛，粗重的喘息和悲壮的号子，镇住了惊涛骇浪，凝固了激流险滩。

冰冷的花岗岩，仿佛有了灵性，它默默流着泪，喷着血。

我的心猛然被揪得好痛，好痛！

一个声音仿佛在问：这是我们民族的过去吗？

是的，我们的祖先，从未谋面的亲人，在苦难中奋力拉纤，把历史一直拉到纤夫消失的那一天！

一支熟悉的歌回响在耳边——《纤夫的爱》，不知是谁把它演唱得如此淋漓尽致！

“妹妹你坐船头，哥哥在岸上走，恩恩爱爱纤绳荡悠悠。”

欢快的旋律，深沉的情感，唱出了爱的真谛。

拉着爱的小船，匍匐着砥砺前行，唱着爱的号子，呼唤着幸福的日子。

定格在纤夫心中的爱，就像一首绝世经典，一代一代高声传唱。

纤绳悠悠，大爱无疆。今天，我们每个人都是一名纤夫，合力拉着祖国的巨轮，驶向中华民族伟大复兴的新时代。

一座浮雕，记载纤夫苦难的历史；同一首歌，演绎着不一样的豪迈！

水上的风景

一群鸭子在互相追逐，尽情嬉戏。浪花飞溅，击碎了一江春水。

它们洁白的羽毛，如轻飘飘的云朵，翩翩起舞，晶莹的眼眸中流溢着水上曼妙的风景。

田田的荷叶密不透风，像无数双宽阔的手掌，托起一团团绿荫。

小荷才露尖尖角，更有蜻蜓立上头。动与静，演绎着水上最美的风景。

一片归帆从天际驶来，落日余晖与彩霞相映成趣。

几只海鸥低空盘旋，把优美的抛物线呈送到眼前。

一幅立体的画面，交织着水上锦绣般的风景。

水上的风景，我描摹不尽；水上的风景，渐渐融入我心。

我看水上的风景，水上的风景也看我，物我两忘，那是最好的风景！

打开心窗

宇宙打开心窗，亮了日月星辰。

白天，风在吹，云霞在飘，鸟儿在飞，花儿绽放在树梢。

夜晚，群星闪烁，月儿弯弯，那些沉重的呼吸，顷刻间变得多么舒缓。

时空打开心窗，穿越唐诗宋词。

我看见，诗仙太白，高唱着盛唐风月；诗圣杜甫，低吟着民生疾苦。

不忍看缱绻的宋词，将那半壁江山，都付与苟延残喘。不如将书卷轻轻掩起，聊发几声感叹。

打开心窗，独自与四月吟哦。

风清月朗，海棠花的影子，卷走淡淡的忧伤；金樽美酒，在指尖上静静流淌。

不再惆怅，不再彷徨，我遥望远方。

读　史

历史，是一部最难寻找的书。

埋在井里的，残缺不全；写在纸上的，真伪难辨；藏在古墓的，发掘维艰。

历史，是一部最难读懂的书。

二十四史，斑驳杂乱，唯有《史记》，文采斐然。

《资治通鉴》，尚可观览，然掩卷沉思，又只能徒发感叹。

历史，在历史学家的眼里，博大精深，让人孜孜不倦。

在普通百姓眼里，不过是过眼云烟，叫人兴味索然。

历史，最怕被人任意打扮，如同一个小姑娘，她穿上漂亮的衣裳，内心却纷繁复杂。

你甚至不能反驳，因为你本身受到了诱惑。

历史，最担心人为的切割。千山万壑，横亘于后人眼前，而前人做了什么，成了许多解不开的谜。

岁月如梭，时空不再，我们总是站在历史的门前，沉默寡言，无可奈何地徘徊。

历史，读得懂的是智者。

我不是智者，所以把读史当作一种消遣，在残存的真实中自我陶醉。

对视苍穹

对视苍穹，高阔邈远！心怀敬畏，岂会无知？

苍天在上，包容万物。万物有灵，岂可负之？

敬畏太阳！它带来光明与正义，光明磊落之人，最爱沐浴阳光。

敬畏月亮！它带来柔美与想象，刚柔相济之人，不因刚烈而折断翅膀。

敬畏星辰！它带来璀璨与深思，善于思考之人，在星宿的晦明中探索奥秘。

头上三尺有神明。知敬畏，守住底线；知敬畏，初心不变；知敬畏，奋勇向前！

对视苍穹，高阔邈远。日月凌空，我心曈曈。

苍天在上，佑我华夏。华夏崛起，谐和万邦！

渡　口

老人。小竹筏。平静或湍急流淌着的河水。

机动船。宽阔的甲板。波涛汹涌的大海。

浓雾弥漫的早晨。夕阳西下的傍晚。时而安静，时而喧闹的渡口。

一幕幕情景浮现在眼前，一种记忆仿佛被激活。

河边的渡口，或许依然存在。

这记忆中的一个点，就像一张旧照片，真实记录着某个特定的时空。

老人，小竹筏俱已作古，一桥飞架南北，天堑变通途。风景旧曾谙，今昔两重天。

海边的渡口，多数变作巨大的港湾。来来往往的摆渡船，不再像往日那般拥挤。

摆渡，如同欣赏一幅美丽的画，远离焦虑与狂躁。

人生的渡口，命运靠自己把握。

撑一竿竹篙，驾一叶扁舟，敢于搏风击浪，就能抵达幸福的彼岸。

若任由他人摆布，即便有最好的港湾，也挡不住骤然来袭的风雨。

站在渡口，我摆渡自己，更愿摆渡他人。

栖息与流浪之间

那个夸父，离我很远，极为遥远。刚想扯住他的衣袖，人仿佛被烈火灼穿。

那个女娲，离我而去，毅然决然地离去。头顶上那块青天，就像我的头发，无人能补。

那个精卫，早已啼血而亡。空阔的大海，浪花卷起千堆雪，多么凄厉而哀伤！

夸父，在我眼前晃动，被烈火灼穿的肉身冒着青烟，像凤凰涅槃，灵魂逐日而不死！

女娲，在我头顶盘旋，倾泻的银河荡涤着我的鬓角，纵横交错的沟沟壑壑，让岁月尘土飞扬！

精卫，在我身后追赶，幽魂恰似空谷足音，正好填平我空虚寂寞的心海！

多想像鸟儿栖息于暖巢，鱼儿栖息于水底，虫儿栖息于树梢，云儿栖息于天穹。然而，我不能栖息！我愿做夸父，即便追不上太阳，我的意志犹存；我愿做女娲，即便补天无益，我的精神尚在；我愿做精卫，即便填不了大海，我的魂魄仍在！

人生，不过是历史长河中短暂的一瞬。

既然不能栖息，那就永不停息地流浪。

倘若毫无选择，也就毫无悬念！

草　根

阳光，雨露，或深或浅的土壤。

它们赋予野草以生命，野草回报它们以深情。

阳春三月，莺飞草长。

野草摇曳着春的丽姿，拥抱着夏的热烈，即便留一抹秋色，也要与大地融为一体。

草根蛰伏着，默默无闻，纵横交错。

它明白，野草长不成参天大树，但仍会不遗余力，疯狂汲取大地的精华，让草叶萌发勃勃生机。

草根遍地都是，不会让人感到弥足珍贵。

但它从不自怨自艾，从不自暴自弃，而是坚守不屈的信念，以平凡而弱小的身躯，走好自己的路，这便是草根精神。

平凡中见伟大，弱小中见顽强。

多少草根英雄，成为时代的弄潮儿；多少草根艺术，点燃华夏儿女的激情！

我愿做一棵小草，或一片草根，在大地母亲的怀里，找到自己的归宿。

镜　子

镜子是有灵性的。人和妖，历史与现实，都是它映照的对象。

照出的是人，那是美好的。每一个女人，都期望自己拥有一面美丽的镜子。

照出的是妖，那是丑陋的。每一个妖孽，都惧怕让自己现出原形的镜子。

镜子照出面容，也照出灵魂。

美丽的面容未必有美丽的灵魂，但美丽的灵魂必然衬托出不一样的面容。

历史亦是一面镜子，它映照过去，鉴知未来。

当代的人，不愿用镜子照现实，因为美与丑，难以分辨清楚。

用镜子时刻照一照自己，照一照历史与现实，放大真善美，消除假恶丑。

有灵性的镜子，让人难舍难分。

回　家

父亲过世多年，母亲年老体弱，却天性喜爱自由，不愿到城里儿女家过年。于是，我决定独自回家陪伴她。

回家的路，很远很远，归心似箭，却又很近很近。

知晓我要回家，母亲早早倚在门口，等着星夜归来的儿子。

大门敞开，任寒风吹拂她雪白的头发，灯光齐亮，把屋里屋外照得如同白昼。

见到我，母亲颤巍巍迎了上来，眼角挂满欣喜的泪花。

我的心一酸，一把抱住母亲，久久说不出话来。

“回来就好，回来就好！”屋子顿时温暖如春。

“儿子，你都当外公了，该多陪陪她们才是。”

老人的歉疚更增添了我的不安。

除夕和大年初一，我早早起床，燃放喜庆的烟花爆竹，做好香喷喷的年饭。满屋子红彤彤的鞭炮纸屑，早春的气息和淡淡的火药味儿，让母亲格外开心。

净手，焚香，筛酒，斟茶，卜卦，敬奉菩萨，祭奠祖先，口中念念有词。

“新年万事顺遂，菩萨和祖先会保佑你们平安。”

母亲庄重地说，脸上洋溢着慈爱。

有道是：父母在，家就在，幸福就在！

孤云远去

夏日里，盼望一小片孤云，能遮挡住毒辣的太阳，让头上撑起一把遮阳伞。

那些躲在荷叶下的青蛙，树荫中的小鸟，多么幸福快乐！

一片片绿荫，它们遮挡阳光，让人享受一份清凉；它们遮风挡雨，让人少受诸多凄苦。

秋天，孤云自由自在地飘动，像草原的牧歌，给蔚蓝的天空留下一枚雪白的音符。

我期望自己变成一只绵羊，追逐着这片孤云，在大地上奔跑，让牧歌嵌入我的灵魂。

孤云远去，它追求着自己的梦想，留一抹飘逸给天空，洒一道丽姿给大地。

追随着孤云的脚步，我把孤独码作文字，写成孤芳自赏的诗行。

在诗歌的天空，我就是那片孤云；在孤云的心中，我甘愿做它的影子。

风中的站台

夏风似火，寒风如刀。

唯有站台屹立不倒，风雨中，尽显它的不屈与坚毅。

汽车的站台，嘈杂而狭小。

年迈的爷爷，从遥远的乡下来，一副沉重的挑子，压在他瘦骨嶙峋的肩头。

一张饭桌，四条凳子，闪耀着金光，驱散了严寒。

我拥抱着亲情，眼泪洒满站台，呼啸的北风，忽然变得如此温暖。

那个永恒的场景，陪伴我历经风雨，一直走到现在，勇敢面向未来！

火车的站台，开阔而亮堂。

成年的女儿出外求学，谢绝父母的陪伴，肩扛手提，潇洒地登车而去。

燥热的夏风中，我绵长的目光久久停留在站台。

胸中流淌着父爱，心里却满是内疚。她独自闯荡，从未沾我半点荣光。

女儿的独立，深情的目送，成为一道亮丽的风景，永远刻在一个父亲的心上。

人生的站台，一个接一个。风中的站台，一程又一程。

路

前人的路，弯弯曲曲，掩埋在岁月的尘土中。

历史的长卷缓缓展开，一路上，那承载着文明的马车，一刻也未曾停歇。

今人的路，通江达海，无处不在，令人目不暇接。

高速公路，高速铁路，像蜘蛛网遍布全国。

高峡出平湖，天堑变通途。

一条条致富路，在我们脚下延伸，延伸，一直通向幸福的远方。

“一带一路”，连接着古丝绸之路。

这里，只有商船，没有炮舰；只有交易，没有杀戮。

悠扬的驼铃声穿越时空，友谊的使者不辞辛劳，长途跋涉。

多么宽广的和平之路，多么伟大的崛起之路啊，带给世界以福音，带给国人以自信。

远远望去，路，没有尽头。

故乡的石板路，开启我人生之路。

无论个人还是国家，走正路，四通八达；走邪路，那是一条不归路！

民　歌

从五千年文明中走来，从缠绵悱恻的《国风》中走来，从牧羊人的鞭声中走来，从劳动的号子中走来。

一首《信天游》，唱醉了陕北高原，融化了黄河冰凌。走西口，泪花流，雄浑的高腔，千年万年不朽。

黑土地的歌谣，掀起大兴安岭的林涛，一声声，一句句，席卷而来乐陶陶。

南方的山歌小调，发轫于《楚辞·离骚》。

小桥流水乌篷船，吴歌楚歌竞风流。

嘉陵江上号子忙，高亢嘹亮闯险滩。

一曲田歌乐悠悠，山欢水笑人忘返。

民歌如酒，甘醇芬芳；民歌似水，源远流长。

我如痴如醉地放声歌唱，顿感血脉偾张，浑身充满力量！

别样情怀

一缕素心，别样情怀。

青灯一盏，清茶一杯，手捧唐诗宋词，吟哦名篇佳句，在诗歌的圣地徜徉。

豪放的唐诗，似千年佳酿，韵味悠长；婉约的宋词，如古井醴泉，清冽甘甜。

品读，让心灵沉淀下来。若不能延伸生命的长度，那就增加生命的厚度。淡泊名利，宠辱不惊。内心沉静，从容超脱之感与日俱增。

一束缠绵，别样情怀。

鲜艳的玫瑰，在爱人的眸子里闪耀，花的芬芳唯有用心方能闻知。

名车，豪宅，未必是生活的全部，也未必能诠释爱的真谛。

生命的意义，是平淡无奇的日子，始终洋溢着春天的气息。

远行时，一次深情拥抱，让彼此的牵挂，时刻系在心头；归来时，献上一束缠绵，了却无尽的担忧。

一种离开，别样情怀。

并非我想离开你，离开你寝食难安。并非我想离开你，离开你让人终日盘桓。但我又必须离开，离开那些是非，离开那些无奈，离开那些理应离开的东西。

离开形体的束缚，一心向往精神的高地，我无怨无悔。

因为回归，我将脱胎换骨，迎来一个崭新的开始！

消　逝

消逝，消逝，每天都上演着一幕又一幕的消逝。

城市，一个劲地向乡村扩展，那些农田、菜园，还有阴森森的墓地，一夜间竖起高楼大厦。阡陌纵横的田埂被横七竖八的街道所取代，光怪陆离的街灯掩盖了美丽的田园风光。每一次消逝，都是时代的变迁；每一次消逝，都让人唏嘘不已。

那些花花绿绿的票证，已成为历史的记忆。吃穿住行，叫人感慨万千。肚子饱了，身子暖了，不用再住窝棚了，出门开小车，乘飞机，坐高铁，日行千里万里，在伟大的新时代展翅腾飞！

每一次消逝，让我格外欢喜，每一次消逝，我们对明天更加充满希冀！

晨曦照亮着我的眼眸，黑夜在黎明前消逝。每一次消逝，都是新的一天开始。我喜欢这种没有仪式的交接，简单而明了！伸出双手，迎接着新的一轮红日，从东方的地平线上冉冉升起。

旧事物的每一次消逝，都是新事物的迅猛崛起！

一些风景

一些风景，深藏于水下，掩埋在坚硬的黄土中。它们沉默着，一直沉默着。也许，尘封的故事才是最美的。

一些风景，在人迹罕至的地方孤芳自赏，纯洁美丽如处子。它们庆幸自己没有被开发，被污染，被破坏，依然保持着一份初心，一份难得的干净与清爽。

一些风景，美轮美奂，端庄大气！如同米开朗基罗的油画，那些裸体，展现着美丽，与邪念无关。静静地欣赏，你发现自己，成了一幅更独特的风景，一股圣洁的山泉，在心中汩汩流淌。

人生一些风景，该展示的尽情展示，该收藏的永久收藏。远离尘世的喧嚣，存一份纯真，风景这边独好，没有欺诈和虚妄！

回　眸

万千的风景，回眸的时候最美。名山大川，绮丽，秀美，险峻。不会欣赏，充其量是“到此一游”。

一棵野草，一株山花，一叶柳条，突然闯入你的眼眸，让你顾盼生辉，融入你的心灵，那一瞬间才是最美的。过往的云烟，回眸时最让人留恋。

年轻时，初生牛犊不怕虎。风和雨，君知否？云烟深处，一行奋斗的足迹，驱散阴霾与孤独。

中年后，穿行于迷雾，不会再迷惑。淡然一笑，一抹回眸叠印出成熟的画图。

年老时，时常翻翻，一份留念，感慨万千。多少人川流不息，回眸的时候有几人？

席慕蓉说：“前世的五百次回眸，换得今生的一次擦肩而过，我用一千次回眸，换得今生在你面前的驻足停留。”不需要太多太多，有几次刻骨铭心的回眸就够了。回眸给我帮助的人，回眸走进我心中的人，回眸与我牵手的人。时光与缘分，从眼角到心口，永远挥之不去。

执子之手，与子偕老！

陪一杯茶静坐

想起了陆羽，用一杯茶陪坐，写出流芳百世的《茶经》，成为一代“茶圣”。

想起了苏东坡，凭着自己的才学，让“请坐”“上茶”转变为“请上座”“上香茶”。茶，浸润着世态炎凉，演绎着前倨后恭。

想起了鲁迅，在《喝茶》中道出喝茶的境界：“有好茶喝，会喝好茶，是一种‘清福’。”

此刻，我不用再想什么，也不想与名人扯上任何关系。在宁静的冬夜，家人已经安寝，给自己倒上一杯清茶，由它安静地陪坐，没有谁打扰，也不打扰谁。窗外，风，怒吼着；云，低沉着，似乎有下雪的征兆。屋里，台灯灿然亮着，我的眼睛也亮着，茶香与书香交织在一起，十分沁人心脾。

端起茶杯，轻轻抿上一口。然后，静静地看茶叶慢慢散开，或在杯中沉浮，或向杯壁碰撞，或潜伏在杯底无动于衷。“沸水好激荡，冷水易清醒”，人生又何尝不是这样？激荡中自然有沉浮，有碰撞，有困惑，难得一份冷静与安然。而清醒，是冷却后的反刍和反思，没有冲动，只有暗香浮动。

检视半生走过的路，就陪一杯茶静坐，独享这份“清福”，去追求人生的最高境界。

轻烟深处

山岚似一道轻烟，散入空中，消逝不见。

早起的晨曦，被露水洗净了面庞，唤醒小伙子、大姑娘，他们匆匆奔赴在收割的路上。

那欢快的脚步，如轻烟般消失在旷野深处。

袅袅炊烟，裹挟着农家厨房鱼肉的香味，从烟囱中缓缓升腾。

炊烟像小精灵一样舞蹈着，旋转着曼妙的身姿，和着金风的呼哨声，最终消失在大山深处。

我端坐在老屋门口，燃起一支香烟，静静欣赏着小山村几十年来的巨变。

村头村尾，再也听不到老鸦的聒噪。秋天的枫叶开始变红，乡亲们已抢收归来，清亮的小溪边流淌起嘹亮的山歌。

一个个蓝色的小烟圈，从我的鼻腔悠然喷出，飘过村前的小路，飘过碧波荡漾的鱼塘，与那欢快的山歌，一同弥漫于秋的深处。

心　愿

贫瘠的土地，宛如久病不愈的病人。瘦小的田埂，容不下一个人的双脚。偶尔听见一两声鸟鸣，恍如感冒后发出的咳嗽声。

走进贫困村，走向日夜惦记着的父老乡亲。

我的心在滴血，灵魂在颤抖，一份沉甸甸的责任，压在我毫不起眼的双肩。

发红包？捐款？送柴米油盐？说几句关爱的话语？

这些虽说能带来一时的温暖，却断不了乡亲们的穷根。

让这块土地变得肥沃，让土地上迅速生长出财富，唯有“造血”才是良方。

我穿行于一个叫团结村的村子，到处是郁郁葱葱的油茶树，树上开满雪白的茶花，在寒风中奋力摇曳。

山间林地，开阔而敞亮，非常适合放养。

于是，请来农学专家，给村民讲授种养殖技术，传授勤劳致富、精准脱贫的金点子。

我欣喜地看到，扶贫工作队队长的眉头舒展了，村民郁结着的心舒坦了，一个个笑容满面，山乡不再郁郁寡欢！

心愿未了，我不会退缩！

站在武陵山脉的深处，我愿做一棵苍劲有力的油茶树，老树发新芽，无疑是一道亮丽的风景。

临水而居

仁者乐山，智者乐水。

青山不改，绿水长流。

两岸垂柳，遮天蔽日；百舸争流，气象万千。

鸡鸣朝日出，狗吠残月落。荷锄壮汉，飞歌声声；捣衣村妇，秋波盈盈。

春江澄澈如练，桃花映红碧霄。择一处风水宝地，临水而居。

临水而居，竹外桃花三两枝，春江水暖鸭先知。

水，含情脉脉，润泽着花花草草，一切变得格外灵动。

临水而居，荷花摇曳，高洁芬芳，出淤泥而不染，濯清涟而不妖，唯有在此，我才独得这一份孤傲。

临水而居，矗立在橘子洲头，看万山红遍，层林尽染，多少豪情胸中涌，缠绵悱恻亦英雄。仰天长啸，不负如来不负卿！

临水而居，疏影横斜水清浅，暗香浮动月黄昏。

没有梅之疏影，水会失去颜色；没有暗香浮动，人生会少许多乐趣。

临水而居，择水而憩。仁者无敌，智者化腐朽为神奇！

杯盏中的月亮

端起酒杯，向天空致敬！

月亮融入杯盏，酒融入我的血液。

举杯邀明月，对影成三人。

李白的孤独，难以探究，也许那是一种生活方式，与他人无关。

今夜无眠，月华如水。

给自己倒上一杯酒，慢慢啜饮，顿感趣味盎然，其乐融融。

回想半个世纪的人生，几多欢乐几多愁。

童年的懵懂，少年的艰辛，青年的闯荡，中年的奋斗，像一幕幕电影浮现在眼前。

“三十功名尘与土，八千里路云和月”，虽没有功成名就，但也无愧于心。

在逆境中奋起，在弯路中前行，每一步艰难无比，每一程刻骨铭心。

杯小乾坤大，壶中日月长。

月亮东升，引潮涨潮落；月亮西坠，知岁月沉浮。

杯盏中红酒摇荡，那泛起的每一丝微光，都是人生不可缺少的希望。

端起酒杯，向天空致敬；端起酒杯，与无悔的人生干杯！

寒风中那一声叫卖

风，冷飕飕；心，热腾腾。

寒风中那一声叫卖，冷不丁从记忆深处蹦了出来。

“卖豆花喽！卖豆花喽！”小巷子里传来悠长而苍老的叫卖声，这个熟悉而倔强的声音，一直回响在耳畔。

老人推着车，车上坐着他患了小儿麻痹症的闺女。闺女很漂亮，白白净净。他们经过的小巷，弥漫着特别的香味，在寒冷的天空久久回荡。

漂着葱花的豆花，吃在嘴里，暖在心上。那乐观豁达的父女俩，更是小巷里一道亮丽的风景，叫人永世不忘！

“玫瑰花，又红又漂亮的玫瑰花！”

夜色阑珊，人流如潮，寒意笼罩。卖花的小女孩，径直走到我面前，从花篮里挑选出一枝鲜艳夺目的红玫瑰，那忽闪忽闪的大眼睛仿佛在说话。

“叔叔，买一支吧，送给你的爱人！”

她央求我，声音很甜美，脸被寒风吹得红扑扑的，显得可爱又可怜。

“不用找了，孩子，多读书吧！”

我把一张百元钞递给她，小女孩眼里噙着泪花。

寒风中，那一声叫卖依然在远处响起。

多少年了，就像一瓣心香，让记忆在冬天变得格外温暖！

窗里窗外

窗里的灯光，亮着；窗外的月光，也亮着。

交相辉映的灯光和月光，把里里外外照得亮晃晃。

灯光映照着古色古香的书房，书，徐徐打开，迎接我火热的目光，像一对情侣，更像两个老友，温馨充满房间，到处溢彩流光。

夜晚，离不开灯光的照耀，更离不开书的清香。

书，伴我进入梦乡，灯光拉长我的影子，越拉越长，越拉越长，铺一条金色大道，伸向美丽的远方。

醒来，月光斜斜地照在我身上。

推开窗户，夜的气息扑面而来。树木影影绰绰，草叶散发的芬芳，让人神清气爽。

仰望天空，月亮穿过薄薄的云层，洒下满地清辉，水一般悄悄流淌。

夜色阑珊，四周多么安静。窗里窗外，因为这灯光、这月光，而变得格外亮堂。

只要心中有亮光，就不怕漆黑的夜。远处，一唱雄鸡天下白，多美啊，这黎明前的曙光！

最后的河流

“关关雎鸠，在河之洲。”

斑鸠动听的鸣叫，可是你“咯咯咯”的笑声？沿着河流一路追赶，却见不到你的踪影。

最后的河流消失了，纵横起伏的沙丘横亘在眼前，怅然问苍天：爱的绿洲呢？

秋天将逝，冬天又来。

没有雨水的滋润，河流一夜间消瘦了，那岸上的水痕，是你丢弃的腰带吗？

不忍心捡拾，怕乱了一腔心思，只能用缱绻的目光，轻轻柔柔地拥吻。翩若惊鸿，婉若游龙。归乎东路的轻舟，桨声悠悠，夫复何求！

最后的河流，像我周身的血液在流淌。

没有污泥浊水，没有狂涛巨浪，澄澈如白练，馥郁似佳酿，容不下一丝杂质，也不掺半点虚假。

逆流而上，欣赏着两岸的风光，检视着半生的过往，无穷乐趣化作旖旎的诗行。

那片枫红

西风猎猎，赤帜翻飞。

繁霜染红了枫叶，染成红旗的颜色，闪耀着深秋的华光，让人多么憧憬，仰望。

那是一片云霞，在深邃的天空畅快溜达。

热烈似火的情怀，在枝头上燃烧，在内心里迸发，化作一腔碧血，洒向海角天涯。

“停车坐爱枫林晚，霜叶红于二月花。”

我看见诗人杜牧，正站在岳麓山下，挥动那如椽之笔，写出流芳千古的名句。

因为那片枫叶，萧瑟的秋才美丽如画。

那片枫叶是我的挚爱，像鲜艳的花朵永远开不败。

悄悄采撷一枚，制成玲珑的书签，珍藏，不去轻易打开。

倒　影

雨过天晴，微风轻盈。

水面上波光粼粼，太阳洒下一层层金箔。

水鸟扇动美丽的翅膀，在透明的云水间飞过。

杨柳依依，飞扬万千条思绪，万千条小鱼儿，在水中竞相嬉戏。

赏心悦目的倒影，镌刻我缱绻的心灵。

怀念那口石砌的水井，就像一面镜子，时刻映照着我的脸庞。

一脸淡淡的红光，透着无比的敞亮，那是我坚定不移的信仰。

井中的倒影，如岁月一样深沉，既没有将人性扭曲，也没有像顽石自甘沉沦！

想念夏日的荷花，濯清涟而不妖，出淤泥而不染。

想念秋天深邃的夜空，闪烁的繁星倒映在水中的丽姿。

水天相接的神韵，叫人心旷神怡，情意迷离。

更想念青春的倩影，沉浸在无穷的幸福中。

让我轻轻捧起，捧起难忘的回忆和一帧帧时光不老的倒影。

倾听之外

春天，倾听鸟鸣花语，倾听草木的拔节声。

那是生命的复苏，生命的生长，像一首首动人的乐章，荡开层层涟漪，弥漫在心湖中央。

夏天，倾听崖壁飞瀑，倾听月下松涛，倾听雨打芭蕉。

打开生命之窗，盎然的诗意凝聚于笔端，短短长长，如琵琶轻弹，大珠小珠落玉盘。

秋天，倾听云天对话，倾听朗月拂衣，倾听思念绵长。

衡阳雁叫两三声，急切催人到故乡。

满目红叶，点燃心中圣火，融化严霜，东篱黄花分外香。

冬天，倾听搓雪煮茶，倾听火塘对话，倾听红梅在枝头上喧闹，倾听离人归来诉衷肠。“冬天来了，春天还会远吗？”火苗熊熊燃烧，倾听是最好的逍遥。

那么，倾听之外，感悟便多了一层内涵：

倾听别人，也倾听自己，让欢乐多于忧伤，人生一定会充满希望。

静坐湖畔

心是一座玲珑的小湖，让思念静坐于湖畔。

“落霞与孤鹜齐飞，秋水共长天一色。”湖中小岛，勾起多少念想。

它像一片桅杆，鼓满风帆向我驶来；更像一把桨板，拨动我内心平静的波澜。

美丽的湖光山色，成为闲暇时光的点缀。

春夏秋冬，岁月不饶人。日月星辰，无故不低吟。

怀念春天，耕耘过的土地向往那张犁耙，我像一头老牛，想退出江湖却欲罢不能。

怀念夏天，曾经满湖的荷花早已凋零，莲藕出污泥而不染，正在我的心湖里疯长。

怀念秋天，最喜欢那片星空那片云，随心所欲，任由我飘飞。

怀念冬天，空旷的原野驰骋着思想的野马，那猩红的梅花，在洁白的雪地上绽放着熠熠光芒。

静坐湖畔，思念像长了翅膀，我不知道它会飞向何方。

从阳光里醒来

大地从冬天里醒来，换上翠绿的新装。

桃红李白，垂柳依依，分外妖娆。流水潺潺，珠玉飞溅，妙不可言。

温和的阳光洒在鸟巢上，美丽的梦想展翅飞翔。

天空从暗夜里醒来，撕破厚重的云层。

月儿弯弯，不忍离去，曙色渐明。北斗七星，光华依稀，醉眼迷离。

金色的阳光照耀着万里河山，每一寸土地焕发勃勃生机。

我从沉睡中醒来，刺眼的阳光抚摸着窗棂。

思想的外衣被晨风吹走，梦依然行走在脑海，灵魂去掉华丽的外表，清晰地听到自己的心跳。

玻璃折射的阳光，解析着朦朦胧胧的梦。

从阳光里醒来，告别单调，远离虚妄，不再沉迷。

生活每打开一扇窗，日子就变得更亮堂！

惑

余光照着人的侧影，投在乳白色的墙上，映射出一个硕大的问号。

沿着笔直的路往前走，只要中途不停留，不懈怠，把古老的驿站当路标，就能一程一程走下去。

站在人生的十字路口，走入晕头转向的迷宫，茫然四顾，形单影只，心中的困惑该向谁询问？

看见了吧，没有人会告诉你，能解救自己的也许只有你自己。

在虚拟的网络世界，光怪陆离，亦真亦幻，碎片化是这个时代最显著的标识。

碎片化的时光，碎片化的语言，碎片化的知识，看不清的人，真假难辨的事实，迷离散乱的情感，迷惑像罂粟花一样耀眼，又像毒蘑菇五彩缤纷。

如果沉迷其中，欲罢不能，那么，滑入人生的深渊，就在一念之间，只有一步之遥。

一群飞蛾朝灯火扑去，瞬间化作烟尘。

灯红酒绿，陷阱重重，饮食男女，却争先恐后。

诱惑如同潘多拉魔盒，一旦释放出人世间所有的邪恶，灵魂必将坠入深渊。

面对诱惑，只有保持初心，头悬戒尺，才能远离灾祸。

临风而行

风吹四季，临风而行，四季景不同。

春天，桃红柳绿，虫豸醒来。暖和的风，温柔绵软，送走冬天的寒冷，带来生机无限。临风而行的燕子，衔泥绕梁，筑着一爿温暖的爱巢。

夏日，牡丹怒放，荷叶翠碧，蛙声一片，诗意盎然。风，高举着火把，烧红了天边的云霞。临风而行的白鹭，在山塘和翠林间翩翩起舞。那动与静分明就是一幅画，长留于人的眼眸和心中。

秋天，杏林金黄，枫叶嫣红，菊花粲然。朝露转化为晨霜，让风染上各种色彩，微寒中抖落满天繁星。天高云淡最适合远行。临风而行的大雁，振翅南飞，写下一行行雁字，总让诗人仰慕和惊叹。

冬日，雪白的旷野一览无余，梅花点点红。风拨弄着琴弦，喜怒哀乐尽在其中。临风而行的我，挥动一支看不见的钓竿，独钓寒江雪，并不感到孤单。

烟火里的尘埃

不同的烟火落下不一样的尘埃，不同的尘埃自有不一样的归宿。

五颜六色的烟花礼炮，是世间的宠儿，它穿着漂亮的外衣，有着王子和公主般的娇贵。

在节日的庆典上，它欢快地在空中旋舞，像春天盛开的花朵，像夏日星空的闪烁，像秋天红叶的灿烂，像冬日红梅点染着白雪。

那千姿百态，袅娜腾跃，把人间喜庆推向极致，也把自己的身心交给绚丽辉煌的一瞬。

烟火中落下的尘埃，尽管污染空气和环境，但人们往往念及它的好处，而不愿给它一星半点的微词。

庙宇、道观和家中神龛前燃烧的香火，因为它的神圣而让人膜拜，也因为它的明灭而使人敬畏。

人们或祈祷，或还愿，或忏悔，在袅袅香烟中，在或明或暗的火光里，那份虔诚足以感动神明，也足以打动人心。

留下的香灰，却被誉为圣洁的尘埃！曾见过高僧和道长用香灰蘸水治病疗伤，那种神秘感无法描述，心中总有莫名的哀伤。

火山爆发和火灾中的烟火，滚滚浓烟像黑色的恶龙，吞噬着人世间的美好，留下一堆堆瓦砾，让人感到畏惧和恐怖。

烟火，包含着福与祸，包含着真善美，也包含着假恶丑。

烟火里的尘埃，至于风吹何处，自有它的归宿。

一个人的高原

踽踽独行于高原，我一个人的高原。

庄稼已经快熟了，黄土地已经快熟了。

黄河瘦了，身子骨仍然硬朗，像锄麦归来的老农，汗水洒满干涸的土地。远处，一栋栋青砖瓦房，鳞次栉比，在夕阳下闪耀着金光。

窑洞里那盏灯亮着，希望就亮着；那双眼睛亮着，生活就亮着。

昆明的湖翠了，花溪的水绿了，姑娘们的裙摆舞醉了，小伙子的芦笙更响了。苍山洱海，丽江古城，在我的眸子中微缩成画卷，让人流连忘返。

黄果树瀑布不再断流，“飞流直下三千尺”，润泽的何止是草木，分明是亘古不变的人心。

青稞已经灌浆，满地跑着撒欢的牛羊。

天蓝蓝，云悠悠，雪峰闪着银光，雪莲花在疯长。成群结队的藏羚羊，悠然穿过公路和铁路线。它们忽视我的存在，这正中我下怀。

雪域高原这片净土，原本就该安然自在。经筒轻快转动，经幡肆意飞扬，多么宁静祥和的地方啊，又怎么能容得下人为的破坏。

踽踽独行于高原，我一个人的高原。

我在这里放歌，呐喊，狂舞，欢跳。

我早已与它融为一体，像广阔的蓝天，无边无际的大地，不可有须臾的分离。

细数芳华

一代人有一代人的芳华。

那些美丽的花朵，将永远留在人们记忆的深处，不会被轻易遗忘，也不会被随意淹没，更不会被自甘堕落。

战争年代的芳华，血一样鲜艳，火一般热烈，在硝烟弥漫中灿然绽放，又在战火熄灭后悄然逝去。

父辈的芳华，天一样高远，水一般清澈，在和平的劳动中盛开，又在艰苦的环境下衰败。

对于逝去的芳华，他们毫无怨言，像憧憬过的梦想，永远在心中激荡和萦回。

我的芳华，伴随着改革开放的春风，在辽阔的乡村成长，在安静的校园蓄蕾，在繁华的城市绽放。

没有玫瑰的美艳，没有牡丹的华贵，也没有莲花的高洁，更没有梅花的凛冽。

但开得灿烂，开得镇定自若，开得暗香浮动，开出一辈子忘不了的风采。

细数芳华，让我们记住这样一句话：有些日子，不需要想起，但从来不会忘记！

低语的情愫

春日，风拂过柳林，吹过花海，拂过水面，那么轻盈，那么低调，又那么温馨。

风诉说着什么，看一看柳林的摇摆，闻一闻花海的芬芳，瞧一瞧水面的波纹，就什么都知道了。

夏夜，月光倾泻在荷叶上，安静得只听见舒缓的呼吸。

白天里喧闹的蝉鸣，傍晚时聒噪的蛙声，此刻都悄无声息了。

池塘边，柳树下，一对老者相拥而坐，窃窃私语，呢喃缠绵。

他们诉说着什么，看一看荷叶的舞动，闻一闻荷花的气息，听一听小鱼儿啃食水草的声音，就什么都知道了。

入秋，天气渐渐转凉，星空被流盼的秋波洗得清澈明朗。

七夕转眼而至，万里无云，群星璀璨，鹊桥在氤氲中架起，仙乐在期盼中升腾。

天幕拉开了，牛郎织女闪亮登场，没有情歌对唱，没有舞姿翩跹。

那是一种凄美，一种哀伤，一种冲破重重阻碍后的永恒与辉煌。

低语的情愫，就像流星划破夜空，花儿悄然绽放，水流在深潭中涌动。

只要看一眼牵手的身影，闻一闻如兰的气息，听一听悠然吹来的天风，就什么都知道了。

想起了舞蹈

舞蹈，是风中追逐的一只蝴蝶，它美丽的身影迷醉了多少双眼睛。五月清凉的早晨，八月初秋的傍晚，只要看到它，就会感觉到生命的律动，生活的色彩，直面人生需要鼓起的那份勇气。

舞蹈，是飘扬在天空的一只风筝，它优雅的身姿多么潇洒。云霞映衬着它的光芒，彩虹为它弯腰搭建一座桥梁，而细小的雨丝随着它的飘动，斜斜的，轻飘飘的，袅袅娜娜的，径直走到它的跟前，捧着它好看的嘴唇，多想来一回偷偷的接吻。

舞蹈，是敦煌石窟中的一幅飞天，它高傲的身体难以触摸。那是仙女的演出，凡夫俗子看不到也看不懂；那是仙女的盛宴，无知的人从不会受到邀请；那是艺术的殿堂，普通人只能在门外彷徨，遥遥相望。

猛然，我想起了舞蹈，也许会见到那个美丽多情的舞者。我想起了舞蹈，也许青春会像一幅幅图景，在眼前轻轻柔柔地晃动，多么清新，又多么空蒙。

赶早集

一声鸡鸣，啼没了星月，唱亮了滴着露水的早晨。

宽广的马路，有了汽车的欢歌，有了摩托的嬉笑。

通往小镇集市场的石板路，便响起一串串由远及近的足音。

那肩挑鲜菜的大哥，晃悠着一担生活的葱绿，“咯吱咯吱”走向甜美的镜头。

那挎着蛋篮子，怀抱大母鸡的大嫂，不再是昔日的忸怩，昔日的寒碜了。

那穿红着绿的村姑，明亮着一双水汪汪的眼睛，她涂着口红的嘴唇，向世界亮出崭新的神韵，她舞蹈般的步履，正踏出中国青春的前景。

那高楼大厦走出干部，走出工人；那古色古香的杉木矮房走出大人，走出小孩。

这时，菜市场沸腾了，奏响了浑厚又深沉的交响乐。

在钱货易手的瞬间，多了温暖，多了笑容！告别那紧巴巴，捏得流汗渗血、浑身污黑的日子，告别那寂寥的墟场，衣衫不整的人流，寒碜而可怜的眼睛。

赶集归去，再看看东方，一轮朝阳喷薄而出，晨风多么和煦温暖！

鲜衣怒马

盛装裹身，骑一匹高头大马。
我是我自己的王，王者归来！
风，轻吹着衣袂，飘飘欲仙！
葛布衣衫，鲜艳夺目，纵使千金也不卖。
多么洒脱，天地间，任我纵横捭阖！
汗马扬鬃，气势如虹；腾云驾雾，电闪雷鸣。
瑶池仙阙，鼓乐齐奏！
鲜衣怒马，试问此刻谁最逍遥？

试图遗忘

有时候，遗忘，是一种解脱。

有时候，沉默，是一种诉说。

试图遗忘，却偏偏遗忘不了。

那些经历过的苦难，总是如影随形，怎么会轻易遗忘?

那些生命中的贵人，时不时在脑海中浮现，怎么会轻易遗忘?

那些喜怒哀乐、悲欢离合，那些苦恼苦闷、苦心苦衷，怎么会轻易遗忘?

试图遗忘，让遗忘成为人生最好的选择。

有恩于人，不求报答，选择遗忘，是一种品德，也是一种境界。

受到委屈，遭人误解，选择遗忘，宽人律己，实乃高风亮节。

回首往事，选择遗忘，是一种智慧，更是一种责任。

记住该记住的，忘记该忘记的。

试图遗忘，就像打开一扇新的窗户，阳光明媚，一切美好如初!

静静听你的故事

白天的喧嚣，被风系在柳条。月亮，挂在高高的山坡。

黄狗和小猫，都竖起耳朵，轻轻摇着尾巴。

孩子们绕在膝前，替你摇着蒲扇，摇着夏日的安闲。

静静听你的故事，听一个平凡人的故事。

珍藏于箧内的勋章，厚厚的油纸早已泛黄。

你穿着旧军装，没有红领章的衣领，被岁月洗得一片亮白。

赶走日寇，打败蒋匪，你又参加抗美援朝。

身上数块弹片，十八道伤疤，成为你一生的荣耀。

但你从未居功自傲，只是淡淡一笑。

解甲归田，你荷锄开垦，用双手建设穷困的家园。

你肩挑箩筐，担着日月，奔走在十里八乡。

外号“货郎”，笑容满面，是山乡流动的风景。

老了，你系上红领巾，怀揣一颗初心，在校园里，成为明星爷爷。

孩子们静静听你的故事，听你讲旧中国到新中国的故事。

让一颗颗年轻的心，始终充满朝气，远离世俗和灰尘。

如今，耳畔只能回响你雄浑的声音，眼前只能浮现你消瘦而倔强的身影。

你的故事，如同你的墓碑，已成永恒！

渡　口

野渡无人，有寒鸦戏水。不见舟楫，岸柳低垂。

站在渡口，仰望蓝天，遥望故乡。雁归来，四处乡愁弥漫。

昔日繁华，梦中犹在。大船小舸，往来穿梭。艄公的古铜脸，曾是渡口名片，高亢的号子，与古老的山歌应和交汇。

如今，艄公老去，渡口依旧，江水悠悠。一桥飞架南北，天堑变通途。

渡口，承载的岁月千变万化，承载的风云早已波澜不惊。风吹雨打的石碑，把渡口的人和事，全刻录进历史，哪怕无人提起。

人生的渡口却无处不在，只要你勇毅前行，双脚便是舟楫。

后记

写作散文诗是一种快乐

◎肖和元

散文诗是一种非常独特的文体。它属于诗，也属于散文，不仅有诗的情绪和幻想，而且有散文的外观和内涵，给读者以无限的美和想象。对于抒写心灵或主观情绪的人来说，散文诗无疑是一种独特而绝佳的文体。

我喜欢上散文诗，更喜欢写作散文诗，那是好几年前的事了。

大约是2018年的春夏之交，微信好友把我拉进了一个文学创作群，群名叫“中国诗歌报散文诗创作室”。在这里我认识了很多喜欢散文诗和创作散文诗的朋友，他们中既有散文诗写作的大咖，如王猛仁、马仕安、范恪劼等老师，也有对散文诗这种文体情有独钟的同道中人，如落笔清风、天外来客、菡萏、月牙儿、王俊楚、随缘、一雅等人。这个创作室的主编最早是落笔清风，一个长相清秀、文笔优美的年轻女子，她非常热心，也非常认真负责地坚守和服务于这个创作室。她和编辑部的老师们每一期出一两个题目，然后大家就写，写好后交给编辑部，编辑部经过评选再统一发布，有时对一些写得好的诗章进行鉴赏，这极大地调动了大家创作的积极性。群里文学气息很浓，大家相处十分融洽。这对我来说非常难得，我不但喜欢这个群，而且更喜欢和大家一起创作、一起品评、一起玩赏，对散文诗的写作自然而然就有了兴趣，慢慢地也能写出一些自己比较满意的诗章了。在三年疫情的特殊时期，我们不能外出就待在家里，守候在这个群里，不停地写啊写啊，就这样，我和散文诗真是难分难舍，几乎融为一体了。

后来写得多了，有些作品不光自己喜欢，也得到了朋友们的鼓励和支持。于是，我把自己比较满意的作品投给了《湖南工人报》的副刊主任方雪梅老师，没想到她对我的散文诗格外称赞，说写得不错，让它们一一变成了铅字。这使我深受鼓舞，不仅散文诗创作的频率提高了，而且写作涉猎的题材更加广泛，技巧更加多样，我对散文诗的钟爱，真是欲罢不能，简直爱不释手！再后来，我在方雪梅老师的引荐下，又非常荣幸地认识了《星星》诗刊的方志英老师。我们虽未谋面，却因散文诗而成为好朋友，正如她在本书序言中所言，“和一个人交往，不一定非得面对面”，她阅读我的散文诗，我阅读她编辑的《星星·散文诗》，彼此越来越熟络，友谊也越来越深厚。她很多中肯的写作建议和题材提示，特别是她许多优秀的作品，我都奉为圭臬，获益良多。

写作是一种快乐，写作散文诗更是人生诸多乐趣中最直抵心灵的一种快乐。散文诗的最初创造者之一波德莱尔说过：“当我们人类野心滋长的时候，谁没有梦想到那散文诗的神秘，——声律和谐，而没有节奏，那立意的精辟，辞章的跌宕，足以应付那心灵的情绪、思想的起伏和知觉的变幻。”是的，声律和谐，没有节奏的节奏，就蕴藏于看似散淡的文字中，立意也不需要刻意，只要有感而发，就能信手拈来，成为珠玑辞章。也许，这，就是散文诗独特的艺术魅力，这，就是写作散文诗带来的快乐和享受吧！

2025年初夏

于长沙佳馨园

《春风十里》不仅是一部诗集
更像是一面映照生活与心灵的棱镜
折射出多元而深邃的诗意光芒